POR CAMINOS EXTRAÑOS
Beverly Barton

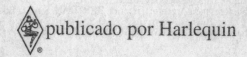

publicado por Harlequin

NOVELAS CON CORAZÓN

Editado por HARLEQUIN IBÉRICA, S.A.
Hermosilla, 21
28001 Madrid

© 1992 Beverly Beaver. Todos los derechos reservados.
POR CAMINOS EXTRAÑOS, Nº 718 - 3.9.97
Título original: Talk of the Town
Publicada originalmente por Silhouette Books, Nueva York.

I.S.B.N.: 84-396-5859-1
Depósito legal: B-30827-1997
Editor responsable: M. T. Villar
Diseño cubierta: María J. Velasco Juez
Composición: M.T., S.A.
Avda. Filipinas, 48. 28003 Madrid
Fotomecánica: PREIMPRESIÓN 2000
c/. Matilde Hernández, 34. 28019 Madrid
Impresión y encuadernación: LITOGRAFÍA ROSÉS, S.A.
c/. Progreso, 54-60. 08850 Gavá (Barcelona)

Distribuidor exclusivo para España: M.I.D.E.S.A.
Distribuidor para México: INTERMEX, S.A.
Distribuidores para Argentina: interior, BERTRAN, S.A.C./ Buenos
Aires y Gran Buenos Aires, VACCARO SÁNCHEZ y Cía, S.A.
Distribuidor para Chile: DISTRIBUIDORA ALFA, S.A.

Prólogo

Wade Cameron entró como un torbellino en la sala de urgencias del hospital, su chaqueta de cuero marrón manchada con las gotas de lluvia y su pelo negro ondulado pegado a la cabeza. Miró por toda la habitación, buscando una cara conocida. Reconoció al celador que se acercaba a él.

–Vaya nochecita –dijo Lester Cummings–. Siento mucho lo que le ha pasado a Macie.

–¿Dónde está, Les? –preguntó Wade.

El señor Reid y ella están en la sala de operaciones –dijo Lester, moviendo la cabeza–. Una lástima.

–¿Dónde está la sala de operaciones? –Wade sintió deseos de agarrarlo por los hombros y sacudirlo. No tenía tiempo para aquella conversación sin sentido. Su mujer podía estar muriéndose. Y a pesar de que el término pudiera ser gracioso, tratándose de Macie, todavía era su esposa, legalmente al menos, aunque en un plano afectivo, para él sólo era fastidio.

–En el segundo piso. La señora Reid está en la sala de espera.

Las puertas del ascensor estaban abiertas, como si le estuvieran esperando. Wade entró y pulsó el botón del segundo piso. ¿La señora Reid? ¿La esposa del alcalde? Era lógico pensar que, dado que vivía en la ciudad, había llegado antes que él, que había tardado quince minutos desde la granja.

Se estaba devanando el cerebro tratando de acordarse de la esposa del alcalde, cuando las puertas del ascensor se abrieron y la vio paseando por el

3

pasillo del segundo piso. Entonces se acordó perfectamente de ella. Cuatro años antes, cuando Tyler Reid se presentó a alcalde, utilizó a su bella esposa para hacer campaña.

Cuando oyó las puertas del ascensor Wade empezó a caminar. Algo tendría que decirle a la señora Reid. ¿Pero qué podía decir en una situación como aquélla? Siento mucho que su marido y mi mujer hayan tenido un accidente, pero de no haber estado saliendo juntos, nada de esto hubiera ocurrido.

Cuando estuvo cerca, ella se detuvo y se dio la vuelta. Wade sintió un vacío en el estómago cuando observó sus ojos verdosos cubiertos de lágrimas. Tan sólo la había visto un par de veces, casi siempre a bastante distancia, y ya se había olvidado de lo guapa que era. Abrió sus labios, como dispuesta a decirle algo, pero en aquel momento llegó un hombre pelirrojo, se colocó a su lado y le puso las manos en los hombros.

Wade sintió un deseo irrefrenable de acercase y apartarlo de ella, y decirle que si ella necesitaba que alguien la consolase, ese alguien era él. Wade movió de lado a lado la cabeza, pasó caminando al lado de los dos y se metió en la sala de espera.

¿Y que se suponía que tenía que hacer en aquel momento? ¿Sentarse y esperar? ¿A qué? Quizá tendría que buscar a un médico, o una enfermera, a cualquiera que le dijera qué le había pasado a Macie.

–¿Tiene a alguien en la sala de operaciones? –le preguntó Lydia Reid.

Wade la miró. Había entrado en la sala de espera, con el valiente protector a su lado.

–Sí, a mi mujer.

–¿Usted es el señor Cameron?

–Sí, Wade Cameron –le dijo, tendiéndole una mano.

Ella tan sólo se quedó mirándolo, observando

4

que la mano de él era grande y morena, y sus dedos estaban cubiertos de vello negro. Un hombre que parece muy fuerte, pensó Lydia, preguntándose si él se sentiría tan débil y desesperado como ella.

El hombre pelirrojo se apartó un poco de Lydia Reid y estrechó la mano de Wade.

—Me llamo Glenn Haraway, un amigo de la familia —después de estrecharle la mano, Glenn se la llevó a un sillón—. Ha sido una noche terrible para Lydia. Creo que todo esto es demasiado para ella.

Wade miró al joven señor Haraway y tuvo que esforzarse para no sonreír. Llevaba un traje muy caro, con un corte de pelo perfecto. Era evidente que aquel amigo de la familia deseaba otro tipo de relación con la señora Reid. Pero también estaba muy claro que la señora Reid no tenía la menor idea de que ella era el objeto del deseo de aquel hombre.

—Me han dicho ahí abajo que Macie y Reid están en la sala de operaciones —le dijo Wade a Haraway, mientras miraba a Lydia.

Sus miradas se encontraron, en una batalla de preguntas y acusaciones en el más tenso de los silencios.

—Me temo que no han podido esperar a que usted llegase para autorizar la intervención, señor Cameron —dijo Lydia—. De no haber intervenido inmediatamente su esposa habría muerto.

—Ya, ya lo sé, el ayudante Grimsson me lo dijo —a Wade no se le escapó la mezcla de resentimiento y comprensión en su voz, al tiempo que se preguntaba si ella se culpaba por la infidelidad de su marido o le echaba la culpa a él por la de Macie.

—La enfermera ha dicho que la avisáramos cuando usted llegara, para que firmara los papeles —dijo Haraway—. La sala de enfermeras está en el vestíbulo.

—Gracias —dijo Wade, y se fue de aquella sala.

—Parece un tipo majo —dijo Glenn.

–Pero no lo suficiente, como para mantener el interés de su esposa –le contestó Lydia, mordiéndose el labio, en un intento por reprimirse las lágrimas. No era posible que aquello estuviera ocurriendo. Tyler estaba a punto de morir y lo único en lo que podía pensar era que había tenido una aventura amorosa con Macie Cameron, la furcia más famosa de todo el condado.

–No sabes con seguridad si... –dijo Glenn.

–Sí, lo sé.

–Mi madre debería haberse quedado calladita. No sé por qué te tuvo que contar todo con pelos y señales, antes de venir al hospital. No lo sé.

–Alguien me lo tenía que haber contado hace meses. No, mejor hace años. Tú ya lo sabías, ¿no es verdad? Por supuesto que lo sabías. Eres su mejor amigo... su socio. ¿Cuánto tiempo hace? –le preguntó a Glenn, agarrándolo por las solapas y mirándolo directamente a sus ojos de color azul–. ¿Cuánto tiempo me ha estado engañando Tyler? ¿Con cuántas mujeres?

–Por favor, no me hagas ese tipo de preguntas –Glenn bajó la cabeza, incapaz de mirarla a los ojos.

–Yo sé que Macie Cameron no ha sido la primera. Tu madre me lo ha confirmado esta noche.

–¡Condenada mujer! No tenía ningún derecho a contarte esas cosas. Tyler te quiere. Siempre te ha querido, pero no es un hombre como el resto de nosotros. No queda satisfecho con sólo una mujer.

–Ya –no debería haberle dolido tanto, pero lo cierto es que le dolió. Por descontado, aquello no es que fuera una sorpresa. Desde hacía tiempo se había dado cuenta de que las cosas no iban bien en su matrimonio, pero había preferido ignorarlo. Hacía más de un año que Tyler no le proponía hacer el amor.

–No creas que es por culpa tuya, Lydia. Eres una

mujer maravillosa. Y una esposa perfecta. Cualquier hombre estaría orgulloso de ti.

–Cualquier hombre, menos mi esposo.

–Tyler está muy orgulloso de ti.

Ella empezó a reírse a carcajadas, una risa cargada con toda la rabia que llevaba dentro.

–Yo quería tener un hijo. ¿Te lo ha contado alguna vez Tyler? Y siempre lo retrasaba.

–Tyler será un padre perfecto. Espera y verás –Glenn se frotó las manos–. Tienes que entender que todas esas mujeres no significan nada para él.

–Y es evidente que yo tampoco.

–Lydia, tienes que entender que hay ciertos hombres que... bueno, que no se atreven a pedirles a sus mujeres ciertas cosas...

Las carcajadas de ella retumbaron en la sala, destruyendo aquél mórbido silencio. Glenn la miró, sorprendido.

–Dios mío, Lydia, ¿qué te pasa?

–Déjame sola. Estoy bien.

–Por favor, siéntate e intenta calmarte un poco –sugirió Glenn–. Bajaré y te subiré un café.

–Sí, gracias –en aquel momento podría haber estado de acuerdo con cualquier cosa para librarse de Glenn.

Wade Cameron observó al otro hombre entrar en el ascensor, antes de volver a la sala de espera. No había pensado volver, pero al oír la discusión de Reid con el amigo de la familia, se quedó a escuchar. Sabía a la perfección lo que esa mujer estaba sintiendo por dentro, todo el dolor y toda la rabia. Y sabía a la perfección lo que era sentirse rechazado y fuera de lugar. A Macie la había dejado de querer a los pocos meses de casarse, cuando descubrió que le había mentido y que no estaba embarazada, y lo poco que quedaba de su matrimonio terminó un año más tarde, cuando la encontró en el granero en brazos de otro hombre.

Y en aquel momento, a los siete años de haber conocido a Macie Whitten, era libre otra vez. No quería a Macie, pero no quería verla muerta.

Cuando encontró la sala de enfermeras y les dijo quién era, le entregaron una autorización para que la firmara. A los pocos minutos apareció el médico, informándole de que Macie había muerto en la mesa de operaciones.

No podía entender por qué le había dolido tanto. No la amaba. Durante años había convertido su vida en un infierno. Debería haberse sentido aliviado y no apenado. Macie había sido una mala mujer, egoísta, pero no cruel. Y una mujer bastante infeliz, que había intentado olvidar sus miserias con el sexo.

Wade se preguntó cómo le iba a decir a su hija Molly que su madre había muerto. A pesar de que Macie nunca fue una buena madre, Molly la había querido, y había intentado por todos los medios ganarse el amor de su madre. Aquella niña no se merecía aquello. Ya había soportado bastante en sus cortos seis años de existencia.

Entró en la sala de espera y observó a Lydia Reid. Pensó si sería conveniente decirle algo, tratar de consolarla, antes de marcharse.

Como si hubiera notado su presencia, ella se dio la vuelta. Tenía la cara tranquila y los ojos secos. Parecía que ya había logrado controlar sus emociones. Era una mujer fuerte, aunque de apariencia frágil y delicada. Él intentó decir algo, pero no pudo. Era como si estuviera intentando pedirle que guardara silencio.

Era una mujer muy hermosa. Muy delicada. Con un cuerpo delgado y sinuoso. No podía entender cómo Tyler le era infiel a su esposa.

–¿Está usted bien? –le preguntó Wade, deseando tomarla entre sus brazos. La idea era una locura, pero no podía quitarse de la cabeza que necesitaba consuelo.

—¿Encontró la sala de enfermeras? —le dijo, apartando su mirada de él, al darse cuenta de que era imposible mantener la mirada de aquellos ojos negros.

—Sí.

—No sabemos nada todavía —le dijo ella, mientras recorría la sala, mirando nerviosa el reloj, mirando el pasillo, cualquier cosa que no fueran la intensidad de la mirada de Wade Cameron—. Glenn ha ido abajo, a por café.

¿Por qué no decía él nada más? Tan sólo estaba allí, mirándola. No podía entender por qué la hacía sentirse tan incómoda. ¿Sentiría Wade Cameron pena por ella? ¿Sería por eso por lo que la estaba mirando de aquella forma?

—Por favor, deje de mirarme así —suplicó ella.

—¿Cómo?

—No necesito su compasión. Guárdela para usted.

—Ya hace mucho tiempo que dejé de compadecerme. Cometí un gran error al casarme con Macie, y he pagado muy caro por ello. Y creo que usted está también pagando por su error.

—¿Mi error? —¿cómo podía estar insinuando que su matrimonio con Tyler había sido un error? Había sido una boda fantástica, una unión de dos familias del sur.

—No es que me incumba mucho su matrimonio, pero yo creo que...

—Correcto, señor Cameron, mi matrimonio no es de su incumbencia.

—Lo siento —contestó y se dio la vuelta para marcharse, justo cuando un médico, vestido con bata verde, entró en la sala.

—Lydia —el médico pasó al lado de Wade y agarró las manos de Lydia Reid.

–Hola, Bick. ¿Cómo está? –preguntó–. ¿Se va a curar?

–Lydia, querida...

–No, no...

–Hemos hecho todo lo que hemos podido. Lo siento.

Wade pudo sentir el dolor que inundó toda la sala. Sintió un deseo inmenso de acercarse a ella, abrazarla y decirle que no se preocupara, que todo iba a ir bien. Pero no lo hizo. No podía. No tenía ningún derecho a tocarla. Era un extraño, un extraño que estaba llorando la muerte de su propia mujer. Pero no por eso dejaba de desear con todas sus fuerzas consolar a la viuda de otro hombre.

Capítulo Uno

¡Es él!, pensó ella, cuando miró por segunda vez al hombre alto y moreno, con vaqueros. ¿Qué estaría haciendo allí? Lydia Reid se puso detrás de una planta de helechos de Boston que colgaban del techo de la tienda Clement's Feed and Seed, Su corazón le latió con fuerza, mientras buscaba un sitio para esconderse.

Durante los dos meses que habían pasado desde la muerte de Tyler, nadie le había mencionado el nombre de Cameron. Ni una sola vez. Todo el mundo había tenido mucho cuidado para no mencionar las circunstancias que rodearon la trágica muerte de Tyler Reid.

Glenn y Eloise se habían ido a vivir con ella. Toda la ciudad había ido a visitarla y la habían agasajado con flores y regalos. Todo el mundo evitó cualquier mención de Macie Cameron, o el hecho de que ella había muerto también en el mismo accidente que había acabado con la vida del alcalde. Era como si toda la ciudad hubiera decidido protegerla de esa desagradable realidad.

Durante las semanas que precedieron a aquella horrible noche, cuando vio por primera vez a Wade Cameron, a veces se descubrió a sí misma pensando en él. A decir verdad, con demasiada frecuencia. Por fortuna, no frecuentaban los mismos círculos sociales, por lo que no le resultó difícil evitarlo. Pero como no descubriera pronto la forma de pasar desapercibida, no iba a tener más remedio que verlo.

Lydia inclinó un poco la cabeza para mirar a través de los helechos. Wade Cameron estaba hablando con otro hombre, un hombre tan alto y moreno como él. Aunque el otro hombre llevaba barba, y unas cicatrices en la frente y en el cuello, era evidente que ambos eran hermanos. El parecido era inconfundible.

—Cuando termine aquí, iré a Lewey a tomar una cerveza —dijo Wade.

—Tanya y yo te veremos allí —le contestó el otro hombre—. Está en Billings, comprándose un vestido.

Cuando el hermano de Wade se iba a marchar, Wade le puso una mano en el hombro.

—¿Britt?

—Estoy bien. Tú preocúpate de tus problemas, no te preocupes por mí.

Lydia se sintió una indiscreta, escondida como estaba, escuchando una conversación privada. Estaba claro que el hermano pequeño de Cameron tenía algunos problemas que preocupaban a Wade.

Lydia se dio la vuelta. A su lado había dos filas de flores de verano para plantar. Detrás de ella había una pared, en la que habían apilado sacos de fertilizante. Si hubiera sabido que Wade Cameron iba a estar allí, habría esperado hasta el lunes, para recoger el esqueje de rosal que había encargado.

Perdida en sus pensamientos sobre la forma de escapar, Lydia no oyó que alguien se acercaba.

—Hola —dijo Wade Cameron.

Lydia se sobresaltó al oír su voz. Trató de controlar sus manos temblorosas y se dio la vuelta, para mirarle a la cara.

—Hola, señor Cameron.

Sintió un cosquilleo en el estómago. Era exactamente igual a como lo recordaba del hospital, y se había acordado de él unas cuantas veces, más de lo que hubiera querido, durante los dos últimos meses. Era un hombre tan masculino, con tanta fortaleza.

–Nunca pensé que podría encontrarla en Feed and Seed Store –le dijo él, sin apartar su mirada de ella. El color de sus mejillas y el brillo de sus ojos indicaban turbación y a él no le gustaba que ella se sintiera de esa manera cuando él estaba cerca.

–¿Y por qué? –le preguntó. Era un hombre muy alto. Debía medir casi los dos metros.

–Yo pensé que tenía un jardinero que se ocupa de estar cosas.

Tenía los ojos más negros de lo que ella recordaba, tan negros como su pelo.

–Sí, sí... tenemos jardinero, pero no le dejo que toque mis rosas –Lydia respiró hondo, tratando de calmarse un poco. Por encima del olor a tierra húmeda y flores, se percibía el aroma masculino de Wade Cameron–. He venido a recoger un rosal. Clyde me ha traído un esqueje de la variante Tropicana.

–¿Tropicana? –preguntó él. Casi se había olvidado de lo delicada que era Lydia Reid, con su piel tan pálida y huesos tan pequeños.

–Es un rosal que da rosas de color rojo naranja –ojalá la dejara en paz y se fuera. Su presencia la perturbaba más de lo que ella quería admitir.

–Usted se llevaría muy bien con mi madre –le dijo Wade riéndose, al tiempo que pensaba en las pocas posibilidades que había de que las dos se llevaran bien. Una un rosal frágil y la otra un matorral silvestre.

–¿Por qué?

–Tiene muy buena mano para las plantas. Le crece todo.

Se quedaron de pie, mirándose el uno al otro. Algunas personas que había en la tienda los miraron con curiosidad, cuando pasaban cerca de ellos. Del otro lado de los helechos se oyeron voces femeninas.

–¿No es ese Cameron? –dijo una señora de pelo gris–. Está hablando con Lydia. Dios mío.

–¿De qué estarán hablando esos dos? –preguntó la otra mujer.

–De aquella noche tan horrible, sin duda.

–Shh... Ten cuidado de que no te oigan.

Lydia se dio cuenta de que se había sonrojado. Deseó que la tierra se la tragara justo en ese momento.

–Iba a tomar una cerveza a Lewey –le dijo Wade, intentando distraer la atención de Lydia–. ¿Por qué no me acompaña y toma un té?

¿Ir con él? Sí. Eso era lo que ella quería hacer. No tenía sentido, pero sólo ese hombre entendía la pesadilla que había estado viviendo durante los dos últimos meses. Tenía miedo de Wade Cameron y de la atracción que sentía por él, pero al mismo tiempo deseaba sus cuidados y protección.

–No... no sé... no sé si debería –tartamudeó ella, atormentada por dos deseos, el de irse con él y el de guardar las apariencias.

–Venga, vamos –le dijo–. Hace mucho calor, y esto está cada vez más lleno.

–No creo que pase nada.

–¿Quiere recoger su rosal primero, o quiere volver más tarde?

–Creo que volveré después.

Cuando él intentó poner su mano en su brazo, ella hizo una maniobra y se puso delante. Wade la siguió, se ajustó el sombrero y saludó a las dos señoras que habían estado cotilleando sobre ellos.

–Que tengan un buen día, señoras –les dijo.

–¿Qué tal, Lydia? –preguntó una de ellas.

–Bien, gracias –Lydia aceleró su paso, deseando librarse cuanto antes de aquellas miradas.

–Un tiempo magnífico –dijo la otra, con una sonrisa muy falsa.

Wade puso una mano en la espalda de Lydia. Sintió que se ponía en tensión, pero después se relajó. Juntos salieron de la tienda. Como si fuera oro transparente, el sol de junio bañaba con sus rayos la pequeña ciudad al lado del río Mississipi. No se movía una hoja de un árbol, por lo que parecía que hacía incluso más calor.

Mientras se dirigían hacia Lewey, ninguno de los dos abrió la boca. Pero ella notó todo el tiempo la mano protectora en su espalda.

La gente que había en la calle y en las tiendas los observó entrar en el bar. Lydia sintió las miradas curiosas, pero no hizo caso.

El bar de Lewey no era muy grande, tenía una barra en forma de ele y cinco mesas, dos de ellas al lado de un gran ventanal. Se sentaron en una de las que no estaban cerca de la ventana.

Cuando ella se sentó, Wade se quitó el sombrero y lo colgó en un perchero, antes de colocarse frente a ella.

Al momento, llegó un adolescente con papel y lápiz.

–Hola Wade, ¿qué vais a tomar tú y la señora?

–¿Té? –preguntó Wade, observando la forma en que Lydia se estaba mirando las manos, que las había puesto en su regazo.

Ella levantó la cabeza y lo miró.

–Té con limón y sin azúcar, por favor.

–Pues un té y una cerveza –le dijo Wade al chico, que garabateó el pedido y se fue al instante.

Había una máquina de discos en un rincón, que atrajo la atención de Lydia, cuando empezó a sonar una canción de Eddy Arnold. Aunque ella había estado viviendo en Riverton durante más de cuatro años, nunca había estado en aquel bar. Y mirando a su alrededor se dio cuenta del porqué.

–¿Qué tal todo este tiempo? –la voz de Wade era grave y profunda, su mirada fija en la mujer que estaba sentada frente a él, la mujer cuya presencia era como un sueño.

–No ha sido fácil –le contestó–. Todo el mundo

ha tratado de protegerme. Todo el mundo ha estado tratando de no mencionar la verdad.

—Lo cual ha sido mucho peor, ¿no?

—Sí —aquel hombre era la única persona que parecía entenderla. Nadie podía protegerla de la realidad. Su marido había muerto. Había tenido un accidente de coche con su última amante. Tyler Dodson Reid, el niño dorado del Mississipi había muerto a la edad de treinta y un años. Y detrás había dejado a una esposa, que no sólo se sentía insegura sobre el presente y su futuro, sino además inadaptada y fracasada.

—¿Me creería si le digo que con el tiempo todos esos cotilleos y esas miradas van a dejar de tener importancia? Muy pronto aparecerá otra cosa que será el tema de conversación —lo más difícil a lo que él se había tenido que enfrentar durante los dos últimos meses era a los sentimientos de Molly. Aunque Macie no había sido una buena madre, la verdad era que, a su manera, había querido a su hija, y Molly siempre había albergado la esperanza de que Macie se convirtiera algún día en una madre de verdad.

—Puede que tenga razón —Lydia se sobresaltó cuando el camarero puso el té en la mesa.

Wade notó lo tensa que estaba, y se preguntó si sería porque estaba con él, o porque se sentía extraña en un sitio como el bar de Lewey.

—A pesar de que hace años que dejé de amar a Macie, fue muy duro aceptar su muerte.

Lydia lo miró, asombrada por aquella franqueza.

—Era la madre de mi hija —le dijo, tratando de darle una explicación.

Lydia asintió con la cabeza y tomó la taza de té. Su mano tembló un poco, cuando tocó el vaso frío.

—Yo... yo... no sabía que Tyler me... me estaba engañando.

—¿Nunca lo sospechó?

—No lo hubiera admitido.

A pesar de que su matrimonio no era un matrimonio ideal, y de que había tenido serias dudas de que pudieran mantenerlo, Lydia no había aceptado con facilidad que su vida, como esposa de Tyler, había terminado. Durante cuatro años se había dedicado a ser la buena esposa de un hombre destinado a ser el gobernador del Mississippi. Había dejado atrás su profesión, de decoradora de interiores, cuando se convirtió en la esposa de Tyler. Durante los últimos cuatro años, había trabajado de voluntaria en un hospital, había sido miembro del consejo escolar y presidenta de una asociación de caridad. Había tomado como modelo a su propia madre. Joan Kidman era la esposa perfecta, la esposa ideal para su segundo marido, un industrial de Houston. Y Lydia había intentado ser como ella. Había invertido cuatro años de su vida en convertirse en la esposa de un político.

Wade dio un sorbo de su vaso de cerveza, mientras miraba a Lydia Reid, deseando estrecharla entre sus brazos. Quería decirle algo que le sirviera de consuelo. Quería decirle que seguro que Macie había sido la culpable de lo que había pasado entre ella y Tyler Reid. Pero no era correcto hablar mal de una mujer que estaba muerta.

Lydia se cruzó de piernas, y se puso las manos en el regazo.

—Su hija debe haber sufrido mucho la pérdida de su madre.

—Es una niña muy dura, un poco como su padre. Pero sí, ha sufrido bastante.

—Lo... lo... siento.

—Aunque Macie no fue muy buena madre, Molly la quería. Macie no quería tener hijos. Sólo tuvo a Molly para cazarme.

—Pero de todas maneras es imposible no querer a un hijo —Lydia había deseado durante varios años tener un hijo, pero en aquel momento dio gracias por no tener uno.

–Mire, todo el mundo sabe que Macie y yo no hemos sido marido y mujer desde que Molly era un bebé. Y tiene seis años.

–¿Y por qué no se divorciaron?

–Pues porque no quería perder a Molly, ni perder parte de mi granja. Ese sitio ha pertenecido a mi familia durante cuatro generaciones.

–¿Así que usted y su esposa vivían separados? –Lydia quería saber si Wade y Macie habían mantenido una relación de las que se llaman abiertas y modernas.

–Vivíamos cada uno por nuestro lado desde que me enteré que ella se acostaba con cualquiera. A mí no me gusta compartir a una mujer. Nunca dejaré que una mujer me ponga en esa clase de situación otra vez.

–¿Sabía lo de Tyler y Macie?

Wade observó el movimiento de su lengua rosada humedecer el labio inferior. En aquel momento hubiera deseado tener aquella lengua dentro de su boca, cubrirla con sus labios, y saber cuánto fuego se escondía debajo de aquella fría expresión.

–Sí, lo sabía. Mucha gente lo sabía.

–¿Y no le importaba? –los ojos de color castaño de Lydia se encendieron.

–Hace años que dejó de importarme lo que hacía o dejaba de hacer –le dijo, mientras se echaba hacia delante, apoyando sus codos en la mesa–. Ya me hizo todo el daño que me pudo hacer, mucho antes de liarse con su marido.

Lydia emitió una especie de quejido, que pareció sorprenderla a ella tanto como a él. Wade extendió la mano y la puso encima de las de ella.

–Lo siento. Si pudiera cambiar las cosas, lo haría. De alguna manera, me siento un poco responsable.

Ella se quedó mirándolo y se perdió en aquellos cálidos ojos negros.

–No. No debe sentirse así. Si alguien debe sentirse culpable, ese alguien soy yo. Sin duda, no fui capaz de satisfacer a mi marido.

Wade maldijo entre dientes y apretó las manos de Lydia.

–Pues yo creo que Tyler Reid era un poco tonto. Los hombres como él... –prefirió no seguir, al oír su suspiro–. Lo siento, no tengo ningún derecho a hablar así.

Lydia miró las manos de Wade, que cubrían completamente las suyas. ¿Cómo era posible que de toda la gente que había tratado de consolarla, sólo Wade Cameron la hiciera sentirse viva y querida?

–Usted y yo compartimos una especie de vínculo especial, ¿no cree?

–Sí, supongo que sí –Wade le soltó las manos, sabiendo que de no hacerlo, hubiera sido capaz de levantarse, tomarla entre sus brazos y besarla. Pero no podía permitirse aquella falta de control.

–La gente habla mucho –dijo ella. Cuando fue a tomar el vaso de té, lo tiró.

Wade logró ponerlo otra vez de pie, antes de que se derramara todo el líquido que había dentro. Con varias servilletas de papel, secó la mesa.

–Eso parece que le afecta bastante, el que la gente comente cosas, ¿no es verdad? –era una mujer tan diferente de Macie, a quien no le importaba un pimiento que la gente hablara de ella. Y tan diferente de su propia madre, una mujer que sólo le importaba lo suyo y esperaba que los demás hicieran lo mismo.

–Sí, supongo que sí –admitió Lydia, pensando en que su madre siempre estaba preocupada por la opinión de los demás.

–Ser la mujer del alcalde no es nada fácil.

19

–Tyler tenía grandes proyectos. Su partido quería presentarlo a senador y en unos años más...

–Gobernador. Sí, ya lo he oído.

–Tenía sólo treinta y un años.

–Macie tenía veintisiete.

Ella deseó en silencio que él la abrazara. Había tenido que soportar más de sesenta días y sesenta noches de dolor e inseguridad, sin nadie que pudiera poner fin a aquella agonía. Deseaba con todas sus fuerzas que Wade Cameron la estrechara entre sus brazos. Sabía que aquello no tenía sentido alguno, pero tampoco lo tenían aquellas emociones tan extrañas que sentía por dentro.

–Siento mucho que todo esto tuviera que pasar –dijo ella–. Y en especial por su hija.

Tenía que salir cuanto antes de allí o estaba seguro de que iba a cometer una tontería. No había sentido lo que estaba sintiendo por Lydia desde hacía ya bastante tiempo. Nunca había querido tanto a Macie.

–¿Está usted bien? –le preguntó ella–. ¿Le pasa algo?

Él buscó una excusa, cualquier excusa para librarse de ella.

–Ahí está mi hermano. Imagino que ya está listo para que volvamos a la granja.

Wade se bebió de un trago la cerveza que le quedaba en el vaso, se levantó y se puso su sombrero. Lydia lo miró y sonrió. No quería poner fin a aquella reunión. Aunque era evidente que Wade y ella tenían poco en común, había encontrado a una persona amable. Él había entendido, mejor que nadie, toda las miserias que había tenido que soportar día a día, la soledad, la vergüenza.

–Me iré con usted y recogeré mi Tropicana.

Britt Cameron se acercó a Lydia y Wade.

–Tanya ha ido a la iglesia a hablar con Charles. Vamos a cargar la comida y a buscarla.

–Éste es mi hermano Britt –dijo Wade–. Aunque

no lo parezca, mi madre siempre ha intentado enseñarle a comportarse.

El joven frunció el ceño, suspiró y miró a Lydia.

–Lo siento, señora.

Lydia pensó que nunca antes en su vida había visto un hombre con una expresión tan dura. Y no sólo era porque su cara y su cuello estaban llenos de cicatrices, o porque su mano izquierda estuviera deformada. Había algo muy intenso, salvaje en Britt Cameron, que le hacía a uno retroceder.

–Encantada de conocerle –dijo ella, mintiendo.

Wade pagó la cuenta y se puso al lado de Lydia, teniendo cuidado de no tocarla. El camino de vuelta a la tienda de Clement creó más de un comentario. Varias personas se quedaron mirándolos. Cuando entraron en la tienda Lydia suspiró y se apoyó en la puerta.

–Lo siento –le dijo Wade, intentando consolarla, sabiendo que era imposible servir de mucha ayuda en aquella situación.

–¿Pero qué esperabais que pasara, metiéndoos en el bar de Lewey? –preguntó Britt, en tono de acusación.

–Cállate –le ordenó Wade, apretando los dientes.

Lydia se quedó pálida. Se sintió desfallecer. Wade la agarró del brazo.

–Tiene razón –dijo ella–. Macie y Tyler han sido el tema de conversación durante estos dos meses. Ahora parece que vamos a ser usted y yo.

Cuando ella se dio la vuelta para entrar en la tienda, él la sujetó del brazo.

–Lydia...

–Tengo que irme.

La soltó. Ella dio unos pasos y luego se volvió.

–No... no debemos vernos más.

–Sí, ya lo sé –le respondió y miró a Britt–. Vamos a cargar la comida y a recoger a Tanya. Cuando lleguemos a casa, seguro que mamá ya tiene la comida preparada.

21

Capítulo Dos

Lydia le había estado dando vueltas a lo que estaba haciendo. Si se estaba equivocando, qué se le iba a hacer. Durante más de dos semanas había pensado si llamar o no llamar a Wade Cameron.

Había recibido varias llamadas, después de encontrárselo en Clement's Feed and Seed. Amigos y conocidos preocupados le habían avisado que tuviera cuidado de no ser vista con ese hombre otra vez. Aunque todas las llamadas la irritaron, había una que no podía quitarse de la cabeza. Oyó una voz amortiguada, que no pudo distinguir, aconsejándola que se mantuviera alejada de Wade Cameron.

Había buscado la compasión de los demás sólo para descubrir que los sentimientos que le expresaron eran bastante superficiales. Llamó a su madre, a Houston, dos veces. Una de las veces, Joan estaba en una fiesta, y la otra se disponía a salir a la peluquería. La última semana, Lydia fue a visitar a su hermano a Alabama e intentó distraerse un poco quedándose a cuidar a sus tres sobrinos. Aceptó invitaciones a cenar de Glenn Haraway y de su madre.

Nadie podía entender su problema, la atormentadora pregunta que quedaba sin responder, el asunto más importante sin resolver. Nadie, excepto Wade Cameron.

Tyler y Macie habían mantenido una relación sexual y que habían muerto en el mismo accidente de coche. Pero las autoridades locales habían silenciado el hecho de que ambos iban completamente borrachos. Lydia sabía que no tenía que obsesionarse por saber todos los detalles, los cuándos, los cómos y los porqués. Había hecho todo lo posible por ser una buena esposa para Tyler. Le había perdonado su egoísmo, y pasado por alto su inmadurez. Incluso había confiado en él. Pero ya que estaba muerto, y no tenía nada que perder, quería saber toda la verdad. Y tan sólo una persona en Riverton tenía la valentía suficiente para decírsela. Tan sólo una persona podría entender por qué quería saberla.

Lydia aparcó su BMW frente a la casa de madera de doble planta de la granja. Salió y puso su pie en el suelo polvoriento. Dudó un momento, preguntándose si no tenía que haber llamado primero. Cerró la puerta, respiró hondo y admitió que había tenido miedo de llamar por teléfono, miedo de que Wade Cameron le dijera que no quería verla.

Antes de llegar a los escalones por los que se accedía al porche, Lydia vio a una niña de pelo oscuro correteando al lado de la casa. Si aquella niña, que iba descalza, no hubiera sido tan guapa, la habría confundido por un niño. Llevaba unos vaqueros y una camiseta blanca. Tenía el pelo rizado y muy corto. Cuando la niña vio a Lydia, se paró y le sonrió.

—Hola, ¿ha venido a ver a la abuela?

El corazón de Lydia dejó de latir durante un segundo. Aquellos ojos oscuros le eran tan familiares, como el pelo negro y los labios carnosos. Tenía que ser Molly Cameron. Era la viva imagen de su padre. Una réplica en pequeño.

—No, he venido a ver a tu padre.

—Está en el gallinero ¿Quiere que la lleve allí?

Un perro grande y con mucho pelo salió del porche y bajó los escalones. Molly Cameron se agachó y lo abrazó por el cuello.

—Tú también puedes venir, Oso. Pero ten cuidado, porque la abuela nos ha dicho que tenemos que vigilarte hasta que nazcan los perritos.

23

Lydia se imaginó que la perra estaba preñada.

–¿Se llama Oso? –preguntó Lydia.

–Sí –rió Molly–. Es una mezcla de cocker, Chow y Sooner, dice mi, padre pero parece un oso.

Lydia se empezó a reír también, asombrada de lo cariñosa y encantadora que era la hija de Wade.

–Puede acariciarla –le dijo Molly–. Parece que le gusta. Mire cómo mueve la cola.

Lydia se agachó para acariciar a la perra, pasando sus dedos por el pelo polvoriento del animal.

–Nunca he tenido un perro. ¿Es tuya la perra?

–Claro. Y también Rawhide.

–¿Quién es Rawhide?

–Su marido. El padre de los perritos.

Lydia sonrió.

–¿También Rawhide es mezcla?

–No, es un collie miniatura. Era de mi tía Tanya. Lo tenía antes de casarse con mi tío Britt. Creo que se lo regaló su primer marido.

–¡Molly Cameron! –se oyó una voz femenina procedente del porche, de una mujer bastante gruesa, con las manos en sus caderas. Llevaba unos pantalones vaqueros, un delantal blanco y una blusa de color violeta.

Molly se puso de pie y corrió hacia el porche.

–Abuelita, esta señora quiere ver a papá.

Lydia se acercó a los escalones, pero se paró al ver la mirada de Ruthie Cameron.

–Hola señora Cameron, soy Lydia Reid.

–Ya sé quién es usted –le dijo Ruthie.

–Iba a llevarla al gallinero, que es donde está papá –dijo Molly.

–No creo que la señora Reid quiera ir al gallinero. Ve y dile a tu padre que tiene una visita, anda.

Molly obedeció al instante. Lydia se sintió un tanto fuera de lugar, sin saber si era bien recibida.

–Suba y siéntese –le dijo Ruthie, señalándole una de las mecedoras que había en el porche–. Si cree que hace mucho calor aquí fuera, puede pasar dentro, pero no hay aire acondicionado más que en la cocina.

–Estoy bien aquí, gracias –le contestó Lydia, dirigiéndose hacia la mecedora, esperando que la señora Cameron se sentara antes en el balancín.

–Siento mucho lo de su marido –le dijo Ruthie, mientras se desataba el delantal que le cubría su prominente estómago–. Es duro para una mujer quedarse sin su hombre. Mi Hoyt murió cuando Wade tenía dieciseis años. Me dejó sóla con cuatro. Britt tenía catorce y las chicas tenían once y nueve.

–¿Y cómo se las arregló?

–Wade se encargó. Creció muy deprisa.

–Espero que no le importe que haya venido –por alguna razón Lydia sintió la necesidad de explicar por qué había ido a ver a Wade–. Su hijo y yo, por circunstancias bastante extrañas, nos encontramos en una situación similar. Quiero preguntarle algunas cosas, cosas que no soy capaz de preguntarle a nadie más.

–A mí no me tiene que dar explicaciones.

–Le prometo que no he venido aquí para hacer las cosas más difíciles para Wa... para su hijo.

–La creo.

–Necesito su ayuda, para entender la razón por la que mi marido me fue infiel –Lydia no había tenido intención de abrir su corazón de esa manera, lo dijo casi sin querer, sin poderlo evitar.

–Eso es algo que nunca va a saber. Los hombres son así. Si piensa que es por algo que usted pudo hacer, está confundida.

Lydia sintió ganas de llorar. Apretó los labios, para reprimirse. Ruthie Cameron la había llegado al alma.

–Buenas tardes, señora Reid.

Lydia giró la cabeza. Wade estaba a unos metros de distancia, con su mirada clavada en ella. Llevaba unos vaqueros desteñidos, una camiseta llena de agujeros y el pelo cubierto de serrín. De pronto Lydia se sintió como si hubiera estado perdida y alguien conocido la hubiera encontrado. Sintió deseos de levantarse y echarse en sus brazos.

–Hola, señor Cameron –Lydia se levantó y sintió que las piernas le fallaban–. No le voy a robar mucho tiempo. Quisiera hablar con usted un momento.

Ruthie agarró el delantal con una mano y con la otra se apoyó para levantarse del balancín.

–Vamos Molly, me vas a ayudar a hacer la cena.

–¿Me dejas hacer la masa? –preguntó Molly.

–Claro –Ruthie abrió la puerta, se volvió y sonrió a Lydia–. Por cierto, tenemos un montón de melocotones este año. Antes de irse, pase por la cocina y le daré una cesta.

–Gracias. Pasaré –Lydia quedó impresionada con Ruthie Cameron. Nunca había conocido a una mujer como ella, tan directa y despreocupada por las apariencias. Aquella mujer era un rompecabezas para Lydia, pero a pesar de ello, le gustaba. Había algo en ella que le recordaba a Milner, su abuela. No era un parecido físico, ni tampoco en la forma de hablar. Cleo Milner había sido una mujer muy culta, que había viajado mucho, pero había tenido la misma actitud hacia la vida que tenía Ruthie Cameron.

Wade había salido corriendo desde el gallinero, dejando allí a Briit, quien le dijo que estaba comportándose como un tonto. Su hermano le había advertido que no se le ocurriera acercase a Lydia Reid, que aquella mujer podría causarle más dolor que el que Macie le había causado. Estaba claro que los problemas matrimoniales de Britt influían un poco en aquel juicio.

–¿Quiere sentarse aquí fuera, o prefiere que entremos en la casa?

–Me... me da igual –contestó Lydia, quien pensó

que había sido un error ir hasta allí. Era evidente que le había interrumpido en su trabajo, y también era evidente que no le había alegrado mucho verla.

–Aquí se está fresco, a menos que quiera que vayamos con Molly y mi madre a la cocina. Hemos instalado aire acondicionado allí –le dijo, metiéndose las manos en los bolsillos traseros del pantalón.

–Me da igual. Sólo quiero hablar con usted un momento en privado.

–Si quiere ponemos ir hasta el riachuelo –le sugirió, señalando con su cabeza en dirección sur–. No hay nadie por allí a estas horas del día.

Esperó a que ella pasase a su lado, y después la siguió. Observó por el rabillo del ojo su fina figura metida en un vestido sin mangas. Wade no pudo evitar pensar lo fuera de lugar que aquella mujer estaba en la granja.

Cuando pasaron al lado de la casa, ella se dio cuenta de que necesitaba una mano de pintura y algunas reparaciones sin importancia. No podía calcular cuándo pudo ser construida, pero por su estilo victoriano, imaginó que a finales del siglo pasado.

–Es una casa muy bonita –le dijo ella, mientras caminaba a su lado, sin mirarlo.

–La construyó mi bisabuelo. Y antes de esta casa, había una casa de troncos, que se quemó.

Después de esa breve conversación, caminaron en silencio.

Cuanto más se alejaban de la casa, más polvoriento estaba el camino, más densa la vegetación, más gruesos los árboles. De pronto llegaron a un claro en el bosque, donde había un pequeño lago. De lo primero que se dio cuenta fue de que había refrescado un poco y que todo estaba tranquilo y en silencio.

–Esto es precioso.

–El lago no es muy profundo, si quiere nadar.

Cuando éramos niños veníamos mucho aquí a jugar. Ahora viene Molly.

—Le agradezco mucho que haya interrumpido su trabajo para hablar conmigo —le dijo, extendiendo la mano y tocándole el brazo. Se quedó sorprendida al ver que el se retiró—. Lo siento. ¿He hecho algo malo?

—No —le contestó él, con voz ronca.

—A lo mejor no debería haber venido.

—¿Y por qué lo ha hecho?

Ella nunca se había imaginado que él fuera a contestarle así. Estaba segura de que la iba a entender, consolar, ofrecerle respuestas a sus preguntas. Se dio la vuelta y empezó a caminar.

—Siento haberle molestado.

Antes de que pudiera dar otro paso, él la agarró, girándola con tanta rapidez que la cabeza empezó a darle vueltas. La miró y ella vio rabia en su mirada y de pronto se asustó.

—No se vaya —le dijo él.

—Es evidente que no quiere que esté aquí.

—Señora, el problema es que me gusta demasiado su presencia, pero este no es lugar para usted.

No supo qué responder, nunca hubiera imaginado que detrás de aquella actitud hostil se escondía el deseo.

—¿Qué quiere de mí?

—Necesito saber por qué Tyler me era infiel. Quiero saber por qué estaba saliendo con su esposa —las palabras le salieron de pronto, sin poder reprimirse por más tiempo.

—¿Y cree que yo tengo las respuestas? —le preguntó, moviendo la cabeza y echándose a reír, medio asombrado, medio resentido—. No tengo la menor idea. Si yo tuviera las respuestas a su pregunta, escribiría un libro y me haría rico.

—Su madre me ha dicho que nunca lo sabré. Que hay quienes son fieles y otros no lo son.

–Una respuesta simple y clara a una pregunta complicada. Así es mi madre.

–¿Y cómo pudo usted vivir sabiendo que su esposa lo engañaba una y otra vez? ¿No le dolía imaginársela con otros hombres? –le preguntó, intentando no llorar.

–Al principio sentí deseos de matarla –Wade no pudo soportar la mirada de Lydia, ver la agonía en su cara, la pena en sus ojos–. Pero al cabo de un cierto tiempo dejé de sentir. No me importó lo que hacía, ni con quién se iba.

–Oh, Wade.

–Pero tardé más tiempo en acostumbrarme a las miradas y los comentarios que otros hacían sobre mi esposa. Me metí en más de un lío por eso, y terminé en la cárcel en un par de ocasiones.

–¿Tenía Macie algo especial, que los hombres no podían resistir?

Wade la miró, asombrándose al comprobar que una dama tan educada y refinada como Lydia Reid pudiera ser tan tonta en lo que se refería a hombres y mujeres.

–Sí, claro, había algo irresistible en ella. Era fácil de conseguir.

Lydia se quedó mirándolo, como si no hubiera entendido lo que acababa de oír.

–¿Cómo?

–¿Qué quiere que le diga, que Macie engatusó a su marido? Está bien. Es probable que ella fuera la que diera el primer paso. Un tipo como Tyler Reid era un desafío para ella. Era rico, un tipo que no estaba dentro de su círculo de amistades.

Lydia no deseó seguir escuchando. Sabía lo que Wade iba a decir a continuación.

–Ella no fue la primera.

–Pues claro que no fue la primera. Ni la última.

Lydia se puso las manos en los oídos, como si no

quisiera escuchar la verdad, como si así pudiera borrar la realidad a la que se tenía que enfrentar.

–¿Y por qué? ¿Yo no le bastaba? ¿Por qué? ¿Por qué?

Wade la agarró y la estrechó entre sus brazos, apoyándole la cabeza en su pecho. Le acarició la espalda con sus grandes manos. Ojalá hubiera podido responder aquellas preguntas. Pero no podía. No tenía la menor idea de la razón por la que Tyler Reid le había sido infiel.

–Tienes que darte cuenta de que no hay nada malo en ti. Tu marido te fue infiel no porque no fueras mujer suficiente para él. Cualquier hombre sería capaz de matar por hacer el amor contigo.

–Oh... –aquellas palabras la calmaron, un bálsamo para su torturado corazón. Nada de lo que hubiera podido decir la habría afectado o asustado tanto. Nunca antes había estado con otro hombre que no fuera su marido, pero en aquel momento sintió deseos de hacer el amor con Wade Cameron.

Wade vio el deseo reflejado en sus ojos, pudo sentir que su corazón se aceleraba. Le puso la mano en el cuello, y bajó hasta que llegó a sus pechos. Le puso la otra mano en la cabeza y le acercó la boca a la suya. Ella se resistió un poco, pero de pronto abrió la boca y le dejó que entrara, la probara, la conquistara.

Sabía dulce. Salvaje, dulce y caliente. Wade le puso una mano en el pecho, mientras devoraba su boca. De pronto ella intentó apartarse. Tardó varios minutos en darse cuenta que ella quería que parara, que se estaba resistiendo a continuar por aquel camino. La soltó. Ella se separó, todavía con el deseo y el miedo en su mirada.

–Está bien, Lydia. Está bien.

–No, no. Esto no está bien.

–Ha sido culpa mía. Perdí el control –había querido consolarla, amarla, decirla que era una mujer deseable, pero en vez de eso la había hecho sentirse mal.

–Nunca más te volveré a molestar. Te lo prometo –le dijo ella alejándose. Se paró y lo miró–. Y por favor, tú tampoco me molestes. ¿Vale?

–Sí, no te preocupes.

Lydia salió corriendo, alejándose de aquel sitio donde había perdido completamente el control y había estado tentada a entregarse a un hombre que casi no conocía.

De alguna manera tenía que conseguir no ver nunca más a Wade Cameron. Lo único que conseguirían ambos sería pena y dolor, y eso era algo que a los dos les sobraba.

Capítulo Tres

Cuando Wade y su familia llegaron, la fiesta del Día de los Fundadores, ya estaba en pleno apogeo. No quería ir, pero Molly no quiso abandonar la granja sin él.

Lydia Reid, seguro que iba a estar allí, y con toda probabilidad se la iba a encontrar. No tenía duda alguna de que estaría sentada en algún sitio de honor, cerca del podio del orador, donde el nuevo alcalde Glenn Haraway, iba a hacer el discurso de bienvenida. Retrasando la salida, Wade, por lo menos, se iba a librar de ese mal trago.

A juzgar por la gente que había en la plaza, Wade dedujo que había ido la mitad del condado. Había puestos de comida en las cuatro esquinas del parque y en los espacios disponibles del paseo. La mayoría de las tiendas exponían en sus escaparates escenas del pasado de Riverton. El olor a caramelo se mezclaba con el fuerte aroma de las barbacoas.

El sofocante sol de julio dominaba el día, y la humedad reinante hacía que el calor fuera más insoportable. Wade observó que la gente tenía las caras llenas de sudor. No corría nada de viento. No había ningún sitio para protegerse de aquel calor, ni siquiera bajo la sombra de alguno de los árboles de la plaza, donde la gente había extendido sus mantas y estaban compartiendo la comida.

–Vaya calor. Yo hubiera preferido quedarme en casa –dijo Tanya Cameron, mientras se tiraba de su camiseta color turquesa, intentando darse aire.

–Tía Tanya, olvídate del calor, y fíjate en las cosas

divertidas –dijo Molly, jugueteando alrededor de los cuatro adultos.

–Britt, cariño, vamos a comprar unos helados –le dijo Tanya a su marido.

–Espera un momento. Ahora vamos. Sólo quiero mirar los cinturones de cuero de ese puesto –le dijo Britt a su esposa.

–Me muero de calor –dijo Tanya.

Rthie Cameron protestó, miró a su nuera y se dirigió al puesto donde vendían artículos de artesanía local.

Wade sabía que su madre estaba tan cansada como él de que Tanya manipulara a Britt pero era un asunto en el que no podía opinar. Además, ya tenía sus propios problemas, y el más importante estaba a tan sólo unos metros de distancia.

Desde el día en que Lydia fue a la granja, Wade se había jurado a sí mismo no acercarse a ella nunca más. Pero en realidad, sabía que tarde o temprano se encontrarían. Quizá era eso lo que esperaba.

Incluso con aquel calor tan oprimente, ella estaba guapísima, pensó Wade. No tan fría y distante como de costumbre. Llevaba unos pantalones cortos de color caqui, una blusa roja sin mangas y zapatillas del mismo color. Se había recogido el pelo en una coleta de caballo. Unos aros de oro adornaban sus orejas, y llevaba una cadena, también de oro, alrededor del cuello.

Estaba con Glenn Haraway y otra mujer más mayor, que por su color de pelo, rojo brillante, se podía deducir que era la madre del nuevo alcalde. Cuando observó que Haraway ponía su brazo en el hombro de Lydia, Wade sintió un ataque de celos. Por la forma de actuar en el hospital, supo que él la deseaba, y estaban bastantes claras sus intenciones.

–Mira papi, ahí está la señora Reid –dijo Molly–. ¿Puedo ir a saludarla?

–No –le contestó Wade, muy cortante.

–Tu padre no quiere que molestes a la señora Reid, mientras ella está hablando con sus amigos –le dijo Ruthie Cameron a la niña, dándole unos golpecitos en la cabeza–. Antes de marcharnos, tú y yo iremos a despedirnos de ella.

–He oído decir que a la madre del nuevo alcalde le gustaría ver casado a su hijo con la señora Reid, cuando haya pasado el tiempo prudencial –dijo Tanya–. Imagino que todo el mundo piensa que Britt y yo no esperamos mucho para casarnos, después de la muerte de Paul.

Wade no quiso oír todas esas tonterías otra vez, y no entendía cómo su hermano las soportaba.

–Venga Britt, vamos a echar un vistazo a esos cinturones.

–Espera papi, la señora Reid y sus amigos vienen hacia aquí –dijo Molly, dando saltos–. Está mirándonos–. Molly saludó a Lydia Reid con la mano y ella le devolvió el saludo.

Lydia pensó que se iba a desmayar, pero sabía que no se lo podía permitir, incluso aunque fuera una de las mejores formas de no tener que hablar con Wade Cameron.

–Vamos Lydia –dijo Glenn, tirando de ella–. Quiero alcanzar a los Cameron, antes de que se pierdan entre la multitud.

–Id vosotros dos a hablar de negocios con ellos –dijo Eloise, levantando un poco la nariz hacia arriba, como si hubiera olido algo desagradable–. Tengo que ir a la biblioteca un momento.

–Te veremos entonces más tarde, madre.

–Buena suerte con la madre Cameron –dijo Eloise, en un tono medio de disgusto y superioridad–. Es tan ignorante, que no podrá entender lo que el nuevo paseo supone para Riverton.

Lydia tuvo que morderse la lengua para no defender a Ruthie Cameron. Eloise nunca entendería la razón y probablemente pondría en duda sus motivos. ¿Cómo se le podría explicar a una persona como Eloise, que el mundo iría mucho mejor si se escuchara a mujeres tan trabajadoras como la madre de Wade Cameron?

Lydia dejó que Glenn la guiara por los pocos metros de césped que les separaban de los Cameron. Intentó no mirar a Wade, pero sus ojos no la obedecieron. Llevaba los pantalones desgastados de costumbre, botas de cuero y camisa de algodón, pero no el sombrero. Su pelo negro brillaba como el ébano. Cualquiera podría deducir que aquel hombre pasaba mucho tiempo al aire libre. Tenía la piel bruñida, y unos ojos marrones preciosos.

—Buenas tardes, señora Cameron —dijo Glenn, ofreciéndole la mano, sonriendo al mismo tiempo.

Ruthie Cameron miró la mano del alcalde, y después su cara.

—Eran muy buenas.

—Mire, Haraway, si viene a convencer a mi madre de que tiene que vender su propiedad de Cotton Row, me temo que no lo va a conseguir —le contestó Britt, mirando a Glenn desde su altura.

Ruthie estrechó la mano de Glenn.

—Vete con Tanya a dar una vuelta, hijo. Puedo hablar por mí misma.

Lydia observó la reacción de Britt. Por un momento pensó que iba a enfadarse, pero la sorprendió. Britt se echó a reír, puso la mano alrededor de la cintura de su rubia esposa y se fue hacia el puesto de helados.

—Señora Cameron, si me deja que le explique los beneficios, no sólo para Riverton, sino para su familia también, por vender la propiedad de Cotton Row, estoy seguro de que verá las cosas de otra manera.

Glenn Haraway no tenía el aspecto tan atractivo que había tenido Tyler Reid, pero sí tenía la misma sonrisa y labia, pensó Lydia mientras lo escuchaba.

—Ya le he dicho más de una vez, que no tengo

ninguna intención de vender —Ruthie se cruzó de brazos y se inclinó hacia atrás, dirigiendo a Glenn una mirada de sospecha.

—¿Qué puedo decirle para hacerla entrar en razón? —preguntó Glenn.

—Ni una maldita cosa —Ruthie se dio la vuelta y empezó a caminar, dejando a Glenn boquiabierto.

Lydia no pudo evitar sonreír, pensando lo poco acostumbrado que Glenn estaba a oír a una persona mayor jurar. Las damas, como Eloise Haraway, eran demasiado finas como para utilizar ese lenguaje.

Wade observó la boca de Lydia y se dio cuenta de que la respuesta de su madre le había hecho gracia, en vez de encontrarla ofensiva. No sabía bien el porqué, pero aquello le daba una nueva perspectiva de la personalidad de aquella mujer.

—¿Señora Reid? —le dijo Molly a Lydia, tirándole de la mano.

—Hola Molly, ¿qué tal? —Lydia observó que la hija de Wade, aunque era una niña adorable, podía confundirse con un niño. Llevaba unos pantalones vaqueros cortos, una camiseta y unas zapatillas Nike, sin cordones. Lydia pensó que si fuera su hija... pero abandonó aquella idea de pronto. Pensar de esa forma podía ser muy peligroso.

—Bien, pero con mucho calor —contestó Molly, quien hizo un gesto con su dedo índice para que Lydia se agachara.

Lydia obedeció.

—¿Qué quieres?

—A la abuela no le gusta mucho tu amigo.

Lydia se echó a reír y le susurró al oído:

—Creo que tienes razón.

—Molly, no es de buena educación cuchichear al oído —dijo Wade.

—Ni tampoco es de buena educación herir los sentimientos de alguien —contestó la niña.

Glenn tiró del brazo de Lydia.

–Ahí está el senador Biddle. Vamos a ver si hablo con él antes de que se marche.

–Ve tú, si quieres –le dijo Lydia, soltándose del brazo–. Iré contigo y con Eloise un poco más tarde.

–Lydia, la verdad es que no creo...

–Le ha dicho que lo verá más tarde –le cortó Wade.

–Mire usted, Cameron...

–La gente nos está mirando –dijo Lydia, sabiendo que aquellas palabras acallarían las protestas de Glenn.

–No tardes mucho, querida –le dijo Glenn, y se marchó corriendo hacia donde estaba el senador del estado, que había ido a celebrar la fiesta de Riverton.

Lydia trató de concentrar toda su atención en Molly, pero no pudo evitar dirigir su mirada a Wade. La estaba mirando con intensidad, con un toque de humor en su mirada.

–Oso ha tenido perritos –dijo Molly–. Siete. ¿Quiere uno señora Reid?

–Oh, Molly, no sé –Lydia nunca había tenido un perro, a pesar de que le encantaban los animales. A su madre no le gustaban las mascotas, y cuando Lydia se independizó, no quiso tener un perro en su apartamento de Birminham. A Tyler tampoco le gustaban los animales.

–Molly está tratando de buscar alojamiento para todos los cachorros de Oso. Todavía tenemos tres –le dijo Wade, mientras acariciaba la cabeza de su hija.

Lydia miró con envidia aquella relación tan estrecha entre padre e hija. Años atrás, ella había tenido la misma relación con su padre. Su muerte, cuando tan sólo tenía doce años, había sido la primera tragedia en su vida.

–¿Sabes una cosa? Creo que me voy a quedar con uno de los cachorros. ¿Te queda todavía algún perrito?

–Oh, papi, le podemos dar ese flacucho, que parece un león –dijo Molly riendo, mientras daba saltos de alegría.

–No hagas caso, no es nada flacucho, aunque sí parece un león. Lo de flacucho lo ha sacado de un libro de cuentos –explicó Wade–. No te sientas obligada a llevarte uno de los cachorros, si no los quieres.

Lydia lo miró, y la inundó un sentimiento tan dulce y cálido que casi se echa a llorar. Wade Cameron era un hombre muy polifacético. Era un granjero muy trabajador. Un buen hijo. Un padre muy cariñoso. Un hombre increíblemente sensual. De haberlo conocido unos años antes. Antes que a Tyler. O incluso en el futuro, cuando se librara de la vigilancia de veinticuatro horas al día a la que la tenía sometida toda la ciudad.

–Enviaré a alguien a la granja a que lo recoja, cuando se le pueda destetar de mamá Oso –Lydia sabía que no podía ir ella a por el cachorro. La primera visita a aquella granja había sido más que suficiente.

–Oh, no, se lo llevaremos a su casa –dijo Molly–. ¿Verdad, papá?

–Si no le importa a la señora Reid.

Se dio cuenta, al instante, de que no podía salir de aquella situación, sin herir los sentimientos de la niña. Además, ¿qué daño podría hacer el que Wade y su hija fueran a su casa durante unos minutos, para dejarle un perrito?

–Me encantaría. Si quieres me puedes traer el flacucho –Lydia sabía que Wade la estaba mirando, pero ella evitó encontrar su mirada–. Lo mejor será que me vaya. Me están esperando en el club.

Wade se quedó de pie, en medio de la plaza del pueblo, observando a Lydia Reid alejarse. Durante unos minutos había parecido como cualquier otra mujer normal y corriente, cariñosa y agradable. Había observado con agrado lo bien que se habían comunicado Molly y ella, y le alegró comprobar que Lydia se hubiera comportado con tanta naturalidad, y más después de su primer encuentro. Pero su comentario final le habían hecho volver a la realidad. Wade se dirigía a comprarle unos caramelos a su hija. Lydia Reid se dirigía al club.

Lydia se alegró de no tener que pasar otra vez lo que tuvo que pasar aquel día. A pesar de que ya hacía más de cuatro meses que había muerto Tyler, se había obligado a sí misma a recoger todas sus cosas y guardar su ropa en bolsas.

Aunque la muerte de Tyler le había provocado mucho dolor, había empezado a ver su vida y su matrimonio desde otra perspectiva. No todo había sido culpa de Tyler. Si ella no hubiera deseado con tanta intensidad convertirse en una réplica de su madre, habría sospechado la verdad mucho antes. Tyler la había utilizado. Pero ella se lo había permitido.

Miró a su alrededor, comprobando que Glenn y Eloise no estaban. Lydia abrió las puertas correderas y salió al patio. Una brisa veraniega acarició su cara, y aspiró la suave fragancia de los rosales del jardín, que estaban floreciendo. Eran casi las ocho, pero por el cambio horario, todavía faltaba una hora para que se hiciera de noche sobre el Mississippi.

Se sentó en la mecedora de madera que había en el patio, se recostó sobre los cojines y suspiró. La lluvia que había caído por la tarde había refrescado el ambiente, y había dejado un olor a tierra mojada. Miró el reloj por quinta vez en cinco minutos. Tenían que llegar en cualquier momento. Molly la había llamado media hora antes, para decirle que le iban a llevar el cachorro a casa.

Lydia seguía repitiéndose que no había ninguna razón para estar tan nerviosa. Wade no iba le iba a decir o hacer nada. Pero aquel pensamiento no podía parar su imaginación. Era sorprendente la cantidad de imágenes que podían pasar por la mente de una mujer en tan sólo treinta minutos.

El sonido del motor de un camión la sacó de sus pensamientos. Oyó el sonido de una puerta y las risas de la niña. Lydia se dirigió hacia la puerta del jardín e invitó a Wade y a su hija a que entraran.

Nada más verlo, Lydia sintió que su corazón se aceleraba. Cada vez que lo veía deseaba echarse en sus brazos y pedirle que la abrazara. Al verlo allí de pie, con un cachorro en sus brazos, se preguntó si aquel hombre tenía otra ropa que no fueran vaqueros y camisetas de algodón.

—Le hemos traído a Leo —dijo Molly, poniéndose de puntillas, para quitarle el perro a su padre—. Si no le gusta el nombre, se lo puede cambiar, pero ya atiende por Leo.

—Leo ¿eh? —Lydia observó al peludo animal, acurrucarse en los brazos de Molly—. Leo el león. No le va mal ese nombre.

—¿Lo va a dejar aquí fuera? —preguntó Molly, mirando a su alrededor—. ¿O lo va a dejar que viva en la casa? A mí la abuela no me deja que tenga perros en la casa. Dice que los animales tienen que vivir fuera de las casas.

—Puede que tu abuela tenga una buena razón para decir eso —contestó Lydia—. Pero creo que a Leo le gustará vivir en la casa —además de ser una buena compañía, pensó Lydia.

—Bueno, Molly, ya hemos entregado a Leo. Estoy seguro que la señora Reid tiene muchas cosas que hacer —dijo Wade.

—¿Nos tenemos que ir tan pronto? —preguntó Molly, frunciendo el ceño.

—No, claro que no —contestó Lydia, sin poder evitarlo. Era una estupidez insistir en que Wade Cameron se quedara más tiempo del necesario.

—Lo oyes, papi, a la señora Reid no le importa que nos quedemos un ratito más.

–Molly, quiero que me llames Lydia, si a tu padre no le importa. Después de todos somos amigas y las amigas se tienen que llamar por el nombre. ¿No crees?

–¿Qué quiere decir eso?

–Pues que en vez de decirnos señora Reid y señorita Cameron, nos podemos decir Molly y Lydia.

–¿Yo soy señorita Cameron? –preguntó Molly a su padre.

–Sí –contestó Wade sonriendo, al tiempo que miraba a Lydia. Era tan cariñosa con Molly, tan buena, tan comprensiva. Como una madre.

–¿Puedo ver tu casa? –preguntó Molly a Lydia.

–¡Molly Sue Cameron! –gritó Wade.

–Claro que sí, pasa –dijo Lydia, riendo–. Te la enseñaré toda. Y trae también a Leo. Así puede elegir su sitio en la casa.

–Seguro que empieza por marcar su territorio –dijo Wade riendo, y siguió a Lydia y a su hija.

–Sin duda –contestó Lydia–. A todos los machos les gusta marcar su territorio. Tendré que tener a mano la fregona todo el tiempo.

Durante una hora estuvieron recorriendo la casa y les sirvió un té y un pastel. Al observar las cajas que había por toda la casa, Lydia tuvo que explicarles que estaba guardando las cosas de Tyler. Molly le contó que lo mismo había hecho la abuela con las cosas de su madre, después del funeral, y que su papi le había dado algunas cosas para ella.

El momento más tenso fue cuando Wade y ella se quedaron solos en su habitación. Molly y Leo se habían ido al baño. Ni Wade, ni ella dijeron una palabra. Se quedaron de pie, uno frente al otro, mirándose. Aquellos segundos parecieron horas, mientras esperaban el regreso de Molly.

Las imágenes se formaban en su mente, imágenes tan vívidas que Lydia se ruborizó. Casi podía sentir los brazos de Wade, sus labios, su cuerpo contra el de ella. Por suerte, Molly regresó cuando Wade empezaba a caminar hacia ella.

Cuando se bebieron el té y comieron el pastel, Wade insistió en marchar, y Molly aceptó a regañadientes.

–¿Por qué no traes a Leo alguna vez a la granja? Si quieres puedes comer con nosotros –dijo Molly, cuando ya estaban en el patio.

Lydia miró a Wade, esperando un gesto afirmativo. ¿La iba a invitar él? Pero se dio cuenta de que él no iba a ser el que moviese primero.

–Gracias por invitarme. Lo tendré en cuenta.

–Venga vamos –le dijo Wade a su hija.

–Adiós, Lydia. Adiós, Leo –se despidió Molly con la mano, y continuó moviendo la mano hasta que Wade la metió en el camión y se alejó.

Lydia se sintió de pronto más sola de lo que se había sentido en los últimos meses. Una parte de sí misma había deseado que Wade y Molly Cameron se quedaran, que se convirtieran en una parte de su vida, que llenaran el vacío que existía en su corazón. Pero eso no era posible, y no podría permitirse el lujo de soñar despierta.

A sus pies, Leo se quejaba. Se agachó, lo agarró y lo metió en la casa, justo en el momento en que Eloise abría la puerta y entraba en el jardín.

–¿No era ese el marido de Macie Cameron? –preguntó Eloise, con mirada inquisidora.

–Era Wade Cameron y su hija Molly –Lydia no sabía si en aquel momento podía soportar la curiosidad de su vecina.

¿Y por qué han venido a verte? Creo que no es correcto que ese hombre venga a visitarte. Debería imaginarse que su presencia puede hacerte recordar la pequeña indiscreción de Tyler.

–Su hija me ha traído un cachorro –le contestó, acariciando la cabeza de Leo.

–Ya veo. ¿Pero por qué?

–Porque yo se lo pedí cuando hablé con ellos en la fiesta.

–Pero querida, deberías haberle dicho a Glenn que viniera. Así no se habría dado pie a las habladurías.

–¿No crees que una niña de seis años es suficiente?

–Supongo que sí. ¿No estarás pensando en verlo otra vez, verdad?

Lydia intentó no sonreír. Estuvo a punto de contestarle que aquello no era asunto suyo. Pero no pudo. Después de todo era una mujer que tenía que mantener una determinada reputación.

–No, Eloise, no pienso ver al señor Cameron otra vez.

–Está bien –sonrió Eloise, dando unos golpecitos en la espalda de Lydia, mientras entraban en la casa.

A las once en punto de esa misma noche, Lydia ya se había duchado y puesto el pijama de seda azul. En el canal ocho echaban un a película de Clint Eastwood y se acababa de sentar en el sofá para verla, cuando oyó el ruido de un camión en la calle. Por instinto supo que Wade Cameron había vuelto. Y lo sabía, porque inconscientemente ella había deseado que volviera.

Respiró hondo, para tranquilizarse un poco, se dirigió hacia la puerta y encendió las luces de fuera, a continuación abrió y salió al patio. Wade estaba allí, con la misma ropa que llevaba cuando fue la primera vez.

–¿Señor Cameron? –Lydia quiso preguntarle por qué había vuelto, pero por alguna razón no lo hizo. Se alegró de verlo otra vez.

–Espero que no le importe que... –se miró a los pies, en los que llevaba unas botas vaqueras–. Tenemos que hablar.

–Adelante –le dijo. Dirigió la mirada hacia la puerta del jardín y vio el camión azul, manchado de barro, aparcado. La cortina de la ventana de la cocina de Eloise Haraway se movió.

Wade entró en la casa. Un sofá de estilo colonial, con sillas haciendo juego dominaba el salón. En las ventanas había cortinas blancas y las paredes estaban llenas de cuadros.

–Me imagino que no debería estar aquí –dijo–, pero no puedo parar de pensar en usted... en nosotros.

–Me alegro de que haya vuelto, señor Cameron –le dijo, mientras lo invitaba a entrar en el salón–. Por favor, siéntese –continuó, indicándole el sofá. Ella se sentó en el sillón de al lado.

–Gracias –se acomodó en el sofá, poniéndose las manos en las piernas–. A la vista de las circunstancias, creo que me puedes llamar Wade.

–Wade –le dijo Lydia, pensando que él estaba tan nervioso como ella. Pero a lo mejor sólo se sentía un poco incómodo. Sin embargo, no pudo evitar pensar, una vez más, lo atractivo que era aquel hombre, el aspecto tan masculino que tenía.

Ninguno de los dos dijo nada, durante un tiempo que a Lydia le pareció una eternidad, ni tampoco se miraron. Al fin, Lydia le preguntó:

–¿Quieres beber algo? Tengo café, pero si quieres otra cosa...

–No, gracias –sabía que no debía estar allí, pero no había parado de pensar en ella desde que había llevado a Molly a la granja. Durante todo el camino había estado preparando lo que le iba a decir. Quería ofrecerle su amistad, sólo su amistad. Porque Lydia Reid era una mujer que seguro se iba a asustar si le dijera lo que realmente quería de ella.

–Todo el pueblo habla de nosotros –le dijo ella, levantándose y dirigiéndose hacia la ventana que daba a la casa de los Haraway–. Justo ahora mismo, Eloise Haraway nos está observando, esperando ver algo. Vea lo que vea, mañana estará colgada del teléfono contándole a todo el mundo que había un camión aparcado a la puerta de mi casa y que el apuesto señor Cameron estaba en mi casa.

–¿De verdad piensas que soy apuesto?

–Wade..

–Porque yo pienso que eres la mujer más guapa que he visto en mi vida.

–Por favor, no me digas eso.

Wade se cambió de postura y se sentó en el borde del sofá, más cerca de Lydia.

–Estás preocupada por tu reputación.

–Mi marido ha muerto hace cuatro meses. Y se supone que yo no debería invitar a ningún hombre a mi casa a estas horas de la noche –Lydia se agarró las solapas del pijama y se cerró un poco el escote.

–Quiero que seamos amigos –le dijo, poniéndose de pie de repente.

–¿Amigos? –se le quedó mirando con los ojos muy abiertos, sin creerse lo que acababa de oír.

–Creo que nos entendemos y que los dos estamos en el mismo barco. Tu marido. Mi esposa.

–Entre nosotros hay más que eso, Wade –Lydia supo que tenían que abordar la verdad, si realmente querían compartir una amistad–. Los dos nos atraemos.

–Sí.

–Pero el problema es que yo no estoy preparada para mantener una relación con un hombre. Tyler murió en abril. Y estamos en agosto. Es muy pronto para...

–¿Crees que tienes que ser fiel a un hombre que no sabía el significado de esa palabra? –le contestó Wade, pasándose los dedos por el pelo.

–Yo tengo que ser fiel a mis creencias –Lydia se levantó y se dirigió hacia donde estaba Wade, poniéndole una mano en su brazo. Él se apartó un poco y la miró.

–¿No podemos ser amigos?

–Si nos vemos, incluso aunque de la manera más inocente, va a provocar un montón de habladurías.

–¿Podemos venir Molly y yo a visitarte el próximo sábado?

–Pues... sí. Sí, podéis venir.

–Entonces, será mejor que me vaya –le dijo y se dio la vuelta. Pero la verdad era que no quería marcharse. Quería agarrarla, tirarla en el sofá y hacer el amor con ella.

–Ella lo acompañó a la puerta.

–Gracias por la visita, Wade. Y gracias por ofrecerme tu amistad.

–Puede que no funcione.

–Lo intentaremos al menos, ¿no?

A él le gustó oír su nombre en los labios de ella, la suavidad con la que lo pronunciaba. Se preguntó cómo lo pronunciaría haciendo el amor.

Wade se inclinó, y con un tremendo esfuerzo sólo le dio un beso en la mejilla. Todo su cuerpo se puso rígido.

Se apartó, salió al patio y se dio la vuelta, para mirarla de frente.

–Si alguna vez necesitas algo...

–Gracias, Wade.

–Cuídate, ¿eh?

Lydia salió al patio y lo observó subirse al camión por segunda vez aquella misma noche. Cuando se disponía a entrar otra vez en la casa, Lydia observó que Eloise Haraway estaba en la puerta de su casa, con los rulos en el pelo, y una bata. No había duda alguna, a la mañana siguiente todo el mundo sabría que Wade Cameron había ido a casa de la viuda Reid.

Capítulo Cuatro

Wade se metió el último trozo de galleta en la boca y dio un trago de café. El domingo era el único día que se permitía desayunar con toda tranquilidad.

Abrió el periódico. Glenn Haraway y Lydia Reid le miraron desde la primera página. Incluso con el pelo recogido para atrás y vestida de negro, estaba preciosa. Sólo pensar en ella su imaginación se disparaba. La viuda de Tyler Reid se había convertido en una especie de fiebre en sus venas, una fiebre para la que sólo existía un remedio.

Wade sabía lo difícil que fue para Lydia ver a otro hombre ocupar la oficina de su marido, aunque sabía que el Glenn Haraway iba a ser un alcalde excelente. Wade sabía cómo se sentía porque la había visto una vez a la semana durante las últimas seis, normalmente en compañía de Molly. Todos los sábados por la tarde iba al pueblo, y Lydia los recibía gustosa en su casa, donde compartían unas horas en agradable compañía. Pero ser amigo de Lydia era lo más difícil que Wade había hecho en su vida. Quería ser su amigo, pero quería también algo más, mucho más.

Nunca le decía la razón por la que había ido, y ella nunca se lo preguntaba. Mientras que Molly jugaba con Leo y con la colección de muñecas de Lydia, ellos hablaban. Al principio hablaban de Tyler y Macie, pero al poco tiempo empezaron a hablar de ellos mismos. Él se enteró que ella había estado muy apegada a su padre, un juez de la corte de Alabama, y que su muerte, cuando ella tenía sólo doce años, la había dejado destrozada. Mantenía una relación muy agradable con su padrastro, y hablaba con frecuencia por teléfono con su madre, pero casi nunca los visitaba. Su hermano, que era abogado, vivía en Alabama, estaba casado y tenía tres niños.

Lydia se había licenciado en la universidad de Alabama y había montado su propia empresa de diseño de interiores en Birmingham, que fue donde conoció a Tyler Reid. El político del Mississippi estaba buscando la mujer ideal, y la había encontrado en la persona de Lydia Lee Milner.

Aunque Wade había sacado una gran cantidad de información personal durante sus conversaciones, sabía muy poco del lado íntimo de su matrimonio. Pero él tampoco le contó mucho de su propia vida sexual.

—Molly va a ir con Tanya a la iglesia —dijo Ruthie Cameron, cuando irrumpió en la cocina.

—¿No vas a ir tú hoy? —le preguntó Wade, apartando la vista del periódico.

Su madre había envejecido antes de tiempo. No había tenido una vida fácil, lo cual se reflejaba en su cara arrugada y sus hombros caídos. Con cincuenta y dos años, podía confundirse fácilmente por una mujer de casi setenta. Llevaba el pelo muy corto, a lo chico, y nunca se maquillaba. Ruthie Cameron era una mujer de campo, que nació y creció en una granja del Mississippi, que moriría trabajando en su huerta.

—Hoy me duele mucho el pie. Esta artritis me está matando —dijo Ruthie, mientras abría el grifo del fregadero.

—¿Tampoco va a ir Britt a la iglesia?

—Ya sabes que no le gusta el nuevo predicador. Dice que no va a volver hasta que no se vaya.

—¿Crees que está celoso? —Wade había confiado en que el matrimonio de su hermano funcionara mejor que el suyo propio. Pero los dos se equivocaron al casarse, y dudaba mucho que el matrimonio de Britt llegara a buen fin–. A Tanya parece que le gusta mucho el hermano Charles. He oído decir que es joven y apuesto.

–No digas tonterías –le dijo Ruthie, frunciendo el ceño–. Además, el matrimonio de tu hermano no es asunto tuyo.

Ruthie echó detergente en el agua, a continuación se puso el delantal y se lo ató a la espalda.

–No quiero meterme en donde no me llaman, hijo. Pero me preocupa tu relación con Lydia Reid. ¿Qué vais a hacer si perdéis el control de la situación?

–No está pasando nada entre ella y yo, madre –Wade dobló el periódico y lo dejó encima de la mesa.

–Yo no quiero meterme donde no me llaman, pero no me gustaría que te hicieran daño otra vez, hijo –Ruthie limpió un plato con un paño–. Y aunque no conozco a Lydia Reid, podría decir que ya ha sufrido más de lo puede soportar. No creo que le quieras causar más dolor, ¿verdad?

–¿A qué te refieres?

–Yo casi nunca hago caso a los cotilleos. Es una pérdida de tiempo. Pero cuando mi hijo mayor es uno de los protagonistas, procuro escuchar lo que se dice.

–Está bien, dime lo que la gente dice.

–Pues dicen que estás saliendo con la viuda de Tyler Reid.

–He ido a su casa un par de veces. No hay nada más. No tengo ninguna intención de liarme con Lydia Reid, ni con ninguna otra mujer. Pienso quedarme solo el resto de mi vida.

–La gente dice que a sus amigos, los ricos, no les parece bien que salgáis juntos.

–¡Pero si no estamos saliendo juntos!

–No hace falta que me grites, hijo. Yo no te estoy acusando de nada. Ya eres mayor.

–Lo que ella necesita ahora es un amigo. Alguien con el que poder hablar –Wade se levantó y le dio un abrazo a su madre–. Y yo también necesito a alguien con quien hablar.

–Tu llevas tiempo necesitando a alguien, y eso es lo que más me preocupa –Ruthie se secó las manos en el delantal y abrazó a su hijo por la cintura.

–¿Después de todos estos años, vas a darme ahora la charla sobre el sexo que todos los padres dan a sus hijos? –le preguntó, sonriendo.

–No me estoy refiriendo a un revolcón en un granero. Estoy hablando de amor.

Wade empezó a reírse a carcajadas y abrazó de nuevo a su madre.

–De eso no te tienes que preocupar. Macie me curó de esa enfermedad.

–Pues escucha una cosa, hijo, tienes el mismo control sobre el amor, que tienes sobre el tiempo. Así que ten cuidado que no te pille desprevenido la tormenta.

–¿Va a haber una tormenta? –preguntó Molly Cameron, cuando entró en la cocina. Los rizos que le caían por la cara le daban un aspecto angelical.

–Las únicas tormentas que hay aquí, son las que tu abuela tiene en la cabeza. Estás muy guapa hoy. ¿Es nuevo ese vestido?

–Me lo ha hecho la abuela –le dijo Molly.

De pronto se oyó la bocina de un coche. Molly se fue corriendo hacia la puerta, donde estaba esperando su tía.

–Hasta luego. Os veo después de misa.

Ruthie se sirvió una taza de café y se sentó al lado de su hijo.

–Parece que no nota la ausencia de su madre –dijo Wade.

–No notaba la ausencia de su madre, cuando ella estaba viva. Tú y yo sabemos que fui yo el que la crié. Pero lo cierto es que necesita una madre.

–Supongo que ya habrás pensado en alguien, ¿no?

–Hay unas cuantas chicas de por aquí que estarían encantadas de casarse contigo. Y eso es lo que tú necesitas, una chica de tu misma condición, que sepa lo que es la vida.

–Si crees que me he hecho ilusiones de poderme casar con Lydia Reid, puedes dormir tranquila. Una mujer como ella no se casaría con un campesino como yo.

–Dale las gracias a Eloise, por haberme invitado a comer –dijo Lydia, mientras metía la llave en la puerta de la casa.

–A mi madre le gustas mucho, y lo sabes –dijo Glenn, colocándose detrás de Lydia, mientras abría la puerta.

–Y gracias por traerme a casa.

–Fue un placer, te lo aseguro –Glenn la acompañó y entró en el vestíbulo

–¿Te sentaría mal, si no te invito a que te quedes? –le dijo ella, mientras dejaba el bolso y las llaves en la mesa de mármol.

–¿No te encuentras bien, querida? –le preguntó, agarrándole la mano y llevándosela a los labios.

–Estoy un poco cansada –le contestó, mientras retiraba su mano–. Tener que solucionar todos los asuntos de Tyler ha sido un poco difícil para mí.

–Lo entiendo. Todo el mundo lo entiende –Glenn se estiró y la miró a los ojos–. La gente de Riverton te tiene en gran estima.

–¿Estás intentando decirme algo?

–Siento mucho tener que sacar este tema. Me refiero a las visitas de Cameron.

–Ya te he contado que Wade Cameron es un hombre muy amable que ha venido unas cuantas veces a ver qué tal estaba. Y me he encariñado con su hija.

–Él sabe que tienes amigos que intentan ayudarte.

–Pero ninguno de ellos entiende lo que estoy pasando, de la forma que Wa... el señor Cameron lo entiende.

–Lydia, la gente comenta cosas.

–Ya lo sé, me lo ha dicho Eloise.

–Sería una locura arriesgar tu reputación, por un hombre como él –el tono de voz de Glenn revelaba su agitación.

–¿Y qué es lo que la gente piensa que estoy haciendo con el señor Cameron?

–Bueno, en realidad, bueno, nadie piensa que... que mantengáis relaciones íntimas. Sin embargo, no les parece bien que te visite con tanta frecuencia.

–No hay nada malo en ello.

–No, pero tendrías que explicarle la situación, antes de que intente meterse más en tu vida.

–Gracias por preocuparte tanto por mí, Glenn –Lydia lo acompañó hasta el porche–. Estoy bastante cansada, así que si no te importa...

–Por supuesto, por supuesto –Glenn se dio la vuelta y bajó los escalones–. No olvides que estoy en la casa de al lado, si me necesitas.

Lydia forzó una sonrisa, le dijo adiós con la mano y cerró la puerta. Suspiró, echó para atrás la cabeza y se quitó los zapatos.

Necesitaba un café. Lo único que deseaba en aquel momento era una buena taza de café, frente al televisor, viendo una de sus películas favoritas. Una de John Wayne sería perfecta.

Se fue al dormitorio y se quitó el vestido. Observó la habitación, tan femenina, y decidió que fue una suerte que Tyler y ella hubieran dormido en camas separados durante los ocho meses antes de su muerte. Los pocos recuerdos que le quedaban de los momentos que había compartido con él en aquella habitación, se habían borrado con el tiempo.

Cuando se acurrucó en el sofá y se había bebido la segunda taza de café y encontrado una buena película para ver en la televisión, el sol se estaba poniendo por detrás de los árboles del jardín y la habitación quedaba medio a oscuras.

Durante los cuatro años que estuvo casada con Tyler, no habían pasado un domingo por la tarde juntos en casa. Siempre había habido gente importante a la que ir a visitar. Era un estilo de vida con el que la madre y el padrastro de Lydia disfrutaban, y ella misma se había convencido de que era la que ella deseaba.

Durante el primer año de matrimonio, había estado tan embelesada con su joven y apuesto marido, que se había plegado a todos sus deseos. Incluso cuando pasaron aquellos momentos tan románticos, aceptó con agrado que la relación que iban a mantener los dos nunca iba a estar marcada por una gran pasión. Ella desempeñó a la perfección el papel de esposa perfecta para las ocasiones sociales y Tyler se lo agradeció manteniendo relaciones con otras mujeres.

Después de terminar la deliciosa taza de café, la dejó encima de la mesa y centró su atención en la pantalla de televisión. Era una película de John Wayne, pero no del oeste. Era una de sus películas favoritas, pero era una historia de amor, y dudó si seguir viéndola.

Mientras John Wayne y Maureen O'Hara llenaban la pantalla con su mágica presencia, Lydia se emocionó, al presenciar aquella escena de *El hombre tranquilo*. Con el viento irlandés soplando en su pelo rojizo, Maureen O'Hara sucumbía al abrazo apasionado de John Wayne, y durante un momento desconcertante, Lydia Reid supo lo que la heroína sentía. Cerró los ojos y se dejó llevar por su imaginación. Podía sentir los brazos a su alrededor, los labios de él en los suyos y se imaginó haciendo el amor con Wade Cameron.

Lydia abrió los ojos. El corazón le palpitaba con fuerza. Se cubrió la cara con las manos y gritó:

—¡No!

¿Cómo era posible que estuviera pensando en Wade Cameron, cuando hacía pocos meses que había muerto su marido? Había tratado de convencerse a sí misma de que Wade sólo era un amigo para ella.

Pero no podía negar el intenso deseo que sentía cada vez que pensaba en Wade, cosa que hacía con frecuencia. Había soñado con él más de una vez, y en aquellos sueños había encontrado la pasión que faltó en su matrimonio.

Eran unos sentimientos muy fuertes, y ella lo sabía, pero no podía evitarlos. A lo mejor Glenn tenía razón. Le tendría que explicar a Wade que su relación podría ser mal interpretada. Al fin y al cabo, ella tenía que mantener su reputación, y él también, si quería criar a su hija de la forma correcta.

Lydia se miró el reloj y se preguntó qué estaría haciendo Wade un domingo a las cuatro de la tarde. A lo mejor debería llamarlo e invitarlo a casa. Durante las últimas seis semanas había empezado a conocer a aquel granjero y se había encariñado con su hija. Pero Wade ya no era granjero. Porque según le había explicado, no se sacaba dinero de ello. Wade había invertido su dinero en ganado. Se podía sacar bastante dinero de la cría de ganado. El problema era que él no tenía tierra suficiente para criar ganado a gran escala, por lo que había decidido dedicarse a la cría de pollos.

A Lydia le gustaba oírle hablar, escuchar el tono profundo de su voz. Le contó que su padre murió cuando sólo tenía dieciséis años y que, por ser el hijo mayor, se tuvo que encargar de la granja, dejando a su madre que se ocupase de su hermano pequeño y sus dos hermanas.

Nunca le contó nada de su matrimonio con Macie, a excepción de que hacía dos años que lo habían dejado. Y nunca mencionó a otra mujer.

El sonido del teléfono la sacó de sus pensamientos. Se levantó y fue a levantar el auricular.

–Hola.

Silencio

–Hola –dijo, otra vez.

–No te acerques a Wade Cameron, o te arrepentirás –murmuró una voz.

–¿Qué? –respondió Lydia.

Pero la otra persona colgó. Ella se quedó allí de pie, con el teléfono en la mano, mirándolo como si fuera una criatura extraña.

¿Quién la habría llamado? ¿Y por qué la molestaba? No había podido reconocer la voz. Tan baja, suave y rasposa. Podría haber sido tanto un hombre, como una mujer. Glenn se lo había advertido. Durante las semanas anteriores, Lydia había recibido varias llamadas advirtiéndola de que tenía que dejar de ver a Wade Cameron. Pero ésa era la primera vez que la amenazaban.

Con dedos temblorosos, buscó el número de Wade en las páginas de la guía telefónica. Lo marcó y esperó, esperando que fuera él el que contestara.

–Hola –dijo una voz diminuta.

Durante un segundo pensó en colgar, pero no lo hizo.

–Hola Molly. Soy Lydia. ¿Puedo hablar con tu papá?

–Sí, espera. Estamos viendo un partido de fútbol –se produjo un silencio, y después oyó que la niña llamaba a su padre–. Papi, es para ti.

Pasaron los minutos. Se empezó a preguntar si Wade no había oído la llamada de Molly Cameron.

–¿Sí? –se oyó la voz de él en el otro extremo.

–Soy Lydia Reid. Espero no haberte molestado.

–¿Lydia?

–Siento mucho molestarte, pero quería preguntarte si podrías pasar por mi casa esta tarde –hubiera preferido no pedírselo, pero no tenía otra opción. Tenía que poner punto y final a su relación.

–¿Te pasa algo?

–No, nada. Sólo quiero hablar contigo cuanto antes.

–¿Te parece bien en una hora?

–Sí. Gracias.

Wade estaba frente a la puerta trasera de la casa de Lydia, dubitativo, sabiendo que lo había llamado para decirle el adiós definitivo. Había sido una tontería visitarla con tanta frecuencia. Sabía que tarde o temprano aquello le causaría problemas. La buena gente de Riverton no iba a permitir que la esposa del anterior alcalde se liase con Wade Cameron, aquel patán cuya esposa había sido el escándalo de todo el condado.

Sin ni tan siquiera darse cuenta, las puertas de la casa se abrieron. Wade miró en esa dirección y se encontró con los ojos de color castaño de Lydia. Leo le ladró unas cuantas veces.

–Oí el camión –le dijo–. Por favor, entra.

Wade entró en la casa, y se quitó la cazadora de cuero. La casa olía al humo de la madera que se estaba quemando en la chimenea. Leo olisqueó las botas de Wade.

–Dame tu cazadora –le dijo ella. Cuando la tuvo en sus manos, la puso en el perchero–. Leo, compórtate.

–Dijiste que tenías que decirme algo –Wade no quiso gastar tiempo en formalidades. Si quería darle una patada, quería que fuera lo antes posible, sin andarse con rodeos.

–Siéntate, si quieres. Prepararé un café –Leo la siguió.

–No quiero café –le dijo él, muy cortante.

–Está bien –ella se sentó en el sofá y agarró uno de los cojines que había a su lado, invitándolo a que se sentara a su lado. Leo estaba a sus pies.

Wade no podía mirarla a los ojos. No quería ver la pena reflejada en ellos.

–Di lo que tengas que decir.

–Por favor, Wade, siéntate –le dijo, preguntándose por qué no la miraba. ¿Sabría ya lo que le quería decir?

Wade se sentó, a regañadientes, pero se mantuvo a cierta distancia de ella. Lo último que deseaba en aquel momento era tocarla. De hacerlo, no podría parar.

–No puedo quedarme mucho tiempo.

–No te puedes imaginar lo mucho que tus visitas han significado para mí. La ilusión que me ha hecho que Molly y tú vinierais cada sábado –no quería decírselo, pero no tenía otra opción. Era lo mejor, para los dos–. Nadie ha entendido mejor que tú lo que yo estaba pasando.

Wade se levantó, se metió las manos en los bolsillos y se volvió de espaldas a ella.

–Está bien, si lo que tratas de decirme es que no venga más a verte, lo entiendo. No hay necesidad de endulzar la píldora.

Lydia se incorporó también, sintiendo que las rodillas le fallaban y las manos le temblaban. El dolor y la angustia que notó en su voz, le partieron el corazón. ¿No se daba cuenta de lo difícil que era para ella? De alguna manera, lo necesitaba. Era el único rayo de sol en su mundo tan triste.

–Wade, por favor, déjame explicarte –él agarró su cazadora y caminó hacia la puerta–. La gente habla de nosotros, especula. Mucho me temo que Tyler y Macie eran el tema de conversación, y ahora lo somos tú y yo –Lydia deseó ponerle una mano en la espalda, y acariciar sus hombros. Pero sabía que no debía hacerlo.

–Ya. Y una dama como tú no quiere que la gente piense que estás saliendo con un campesino que se dedica a la cría de pollos y ganado. Alguien que tiene callos en las manos y las uñas sucias –abrió la puerta.

Los dos tenemos una reputación y estoy convencida que, por Molly, quieres que la tuya permanezca intacta –Lydia lo siguió hasta la puerta, deseando que él entendiera que para ella era muy difícil decirle adiós. Leo la siguió, colocándose al lado de Wade.

Wade se volvió. La expresión en su cara asustó a Lydia. Sus ojos brillaban como el fuego.

–Yo siempre he tenido una mala reputación. Cuando era más joven, decían que era un salvaje. Tenía fama de beber mucho, conducir muy deprisa e ir detrás de cualquier mujer. Una de esas mujeres me cazó y me casé con ella. Pensé que era lo mejor que podía hacer.

Ella levantó su mano y la colocó a milímetros de su cara. Quería tocarlo, aliviar su dolor, pero dejó la mano en el aire.

–No tienes que...

–¿Crees que fue duro descubrir que tu marido te había estado engañando los últimos dos años? Pues te voy a decir una cosa, no sabes lo que se siente cuando eres el objeto de la pena y escarnio de todos los demás hombres.

–Oh, Wade –dejó caer la mano. Sus ojos se llenaron de lágrimas, y aquello la dejó sorprendida. Durante los seis meses que habían pasado desde la muerte de Tyler, no había sido capaz de derramar una lágrima.

–Si te acostaste con tu marido, después de que él se liara con Macie, lo mejor es que te hagas una re-

58

visión. Por si acaso. Mi esposa se abría de piernas con cualquiera que se lo propusiera.

El dolor que se reflejaba en las palabras de Wade Cameron era superior al suyo propio. Quería abrazarlo y consolarlo.

–Por favor, no te vayas.

–No hay ninguna razón que justifique lo contrario –le contestó, y salió al patio. El viento fresco de octubre acarició su pelo. Se pasó una mano por la cabeza, para alisárselo.

Ella deseó suplicarle que no se marchara.

–Antes de llamarte por teléfono, alguien me llamó y me amenazó.

–¿Qué? –la miró sorprendido, como si no se creyera lo que acababa de oír.

Ella salió fuera y sintió el frío en su cuerpo.

–Alguien, al que no reconocí, me llamó y me advirtió que no me acercara a ti.

–¿Que te han amenazado? –le preguntó, entrecerrando los ojos.

–No ha sido la primera llamada que he recibido.

–¿Y cuántas veces te han llamado?

–Han llamado cuatro veces, pero la de esta noche me ha asustado bastante. No tengo ni idea de quién puede haber sido.

–Pues yo pienso que deberías preguntarle a nuestro nuevo alcalde si él sabe algo –Wade sabía que Glenn Haraway tenía bastantes razones para que Lydia no saliera con nadie más en el pueblo. Y sabiendo la reputación que tenía Haraway de manipular las cosas en su favor, no dudó en que fuera él el que la había amenazado.

–¿Glenn?

–Sí, Glenn –dijo Wade–. Por si no se te había ocurrido, Haraway está loco por ti.

–Eso no es verdad –Lydia se abrazó a sí misma, y se frotó los brazos para calentarse un poco.

–Puede que tenga miedo de que yo te lleve a la cama antes que él.

–¿Cómo puedes decir una cosa así? –le preguntó Lydia, desconcertada.

–Pues no se me ocurre nadie más con una buena razón.

–¿No puede ser alguien de tu familia, que no quiere vernos juntos?

Nada más decir aquello, su madre se le vino a la mente, pero desechó la idea. Ruthie Cameron no era el tipo de persona que se le ocurriera hacer ese tipo de llamadas. Si tenía que decirle algo a alguien se lo decía a la cara.

–Nadie que yo conozca puede tener una razón para amenazarte. Yo creo que lo mejor es que llames a la policía.

–Prefiero no hacerlo, a menos que la situación empeore. Si llamo a la policía, la gente empezará a cotillear. Algo como esto no puede permanecer en secreto por mucho tiempo.

–Sí, tienes razón –no le podía decir otra cosa. Si estaba más preocupada por lo que la gente pudiera decir, que por quién pudiera ser la persona que la había llamado, él no podía hacer nada. Además, si cortaban su relación, esa persona la dejaría de molestar.

–Lo entiendes, ¿verdad? –se preguntó si un hombre como Wade podía entender la situación tan delicada en la que se encontraba. Desde pequeña le habían enseñado que las apariencias eran lo más importante en la vida de una persona.

–Claro que lo entiendo. Para ti, ser el tema de conversación es peor que la muerte –le contestó, dándose la vuelta, para marcharse.

–No quiero que te vayas así.

–¿Cómo?

–Enfadado.

–No quieres que me vaya enfadado. ¿Y cómo quieres que me marche?

–Estuvo a punto de decirle que no deseaba que se marchara, que quería que se quedara a hablar con ella y disfrutar de su compañía.

–Pues me gustaría que fuéramos amigos.

–Pues yo pensé que ya te habías dado cuenta.

–¿De qué me tenía que haber dado cuenta?

–De que tú y yo no podemos ser sólo amigos.

–No puedo ofrecerte nada más –le dijo, deseando darle todo lo que él pudiera pedirle. Hubiera sido tan fácil agarrarle de la mano e invitarlo a entrar. Él la habría abrazado y besado. La habría acariciado y quitado la ropa poco a poco. La habría llevado a la cama y se habría quitado sus pantalones y entonces...

Wade se dio cuenta de la expresión de deseo en sus ojos y supo que ella lo quería, tanto como él la quería a ella. Se preguntó qué pasaría si la metía en la casa y la besaba en la boca.

–Yo no quiero ser sólo un amigo tuyo. Lo hemos intentado y no ha funcionado. Yo quiero ser tu amante y tú lo sabes.

–No podemos –ella se dio cuenta de que lo iba a perder y no podía hacer nada para evitarlo.

–Ya nos veremos, entonces –le dijo. No quería marcharse, pero no iba a suplicarle a Lydia que le dejara quedarse. Ya había cometido una equivocación una vez con una mujer y su traición casi lo destrozó.

Lydia le agarró de la mano cuando él ya empezaba a marcharse.

–Wade –sabía que tocarlo era un error, pero no pudo evitarlo.

Al sentir sus dedos en su mano él se detuvo, pero no se dio la vuelta. A ella le tembló la mano.

–Entra en casa. Hace frío aquí fuera –le dijo con voz suave.

Ella le apretó la mano.

—Cuídate —le dijo.

—Sí. Y tú también.

Ya en la oscuridad, él se volvió para mirarla por última vez. Su cuerpo era pura tentación. Si no se marchaba de allí al instante, dudaba mucho de que pudiera resistir la tentación de tomarla en brazos, llevarla a la casa y hacer el amor con ella.

Wade le soltó la mano. La de ella cayó en el vacío. Caminó hacia el camión, entró y lo arrancó. Temblando, Lydia observó su marcha. Corrió hacia la valla del jardín y se quedó mirando el camino, hasta que las luces traseras desaparecieron. Las lágrimas le recorrían la cara. Wade Cameron se había ido.

Capítulo Cinco

–No estoy dispuesta a hacerlo –dijo Lydia, cerrando la carpeta que había sobre la mesa de Glenn Haraway.

–Por favor, baja la voz.

–Lo siento. No sabía que no querías que tus empleados se enteraran de que me has pedido que me prostituya para conseguir un nuevo centro comercial para Riverton –contestó Lydia, dándose la vuelta y dirigiéndose hacia la puerta.

–No, no. Yo soy el que lo siento. No sabía que te ibas a enfadar tanto. Lo que pasa es que, menos ponerme de rodillas, he hecho todo lo que estaba en mi mano para que la señora Cameron vendiera los terrenos. Pero no está dispuesta a ello. Dice que no quiere ver demolidos esos edificios. Así que se me ocurrió que si hablabas con su hijo, a lo mejor....

–Hace un mes me advertiste que lo mejor para mí era no acercarme a Wade Cameron. A todos os preocupaba mi reputación. Y ahora quieres que lo invite a comer y trate de convencerle para que él a su vez convenza a su madre.

–Pensé que tú también querías que este proyecto se hiciera realidad. Después de todo, fue idea de Tyler. Y se nos está acabando el plazo. tenemos que hacer algo, y rápido.

–A mí también me gustaría que Riverton tuviera un nuevo centro comercial. Pero no estoy dispuesta a valerme de mi amistad con Wade para convencer a su madre de que venda los terrenos.

–No tendrías que invitarlo a tu casa. Le podrías invitar a un restaurante, o incluso quedar con él aquí.

Cuando lo llames, dile que quieres hablar de negocios –Glenn le puso una mano sobre el hombro, y la invitó a que volviera a la oficina–. Sabes que yo no quiero que salgas con Wade Cameron –dijo, acariciándole la mejilla–. Ni con ningún otro hombre.

Lydia respiró tres o cuatro veces, para calmarse. Aunque Glenn se había comportado como un caballero desde la muerte de Tyler, últimamente le había dejado bastante claro que después de pasado un tiempo prudencial, esperaba conquistar a la viuda de su amigo.

–Dudo mucho que el señor Cameron quiera verme –le dijo, separándose de él.

–No lo puedes saber si no le llamas –Glenn levantó el teléfono y se lo ofreció.

–No quiero verlo a solas.

–Dile que venga aquí. Yo estaré presente en la conversación. Así Cameron no pensará que puede haber algo más.

Aquella idea no le gustaba nada. Sabía que Glenn y los demás concejales la estaban utilizando para conseguir un objetivo. Era impresionante cómo podía cambiar la gente cuando querían conseguir algo. Cuatro años antes, Tyler la había utilizado como una herramienta política. No tenía que hacer aquello nunca más. Pero en el fondo deseaba volver a ver a Wade, y cualquier excusa valía.

Había pasado cinco semanas sin verlo, sin oír su voz, sin esperar con ansiedad la llegada del sábado por la tarde. Era como si estuviera guardando luto por dos hombres diferentes, y aquella comparación la hizo cuestionarse si alguna vez había amado a Tyler Reid de verdad. Durante aquellos días, que se le hicieron interminables, había soñado despierta con Wade, pensando en algo que había dicho, en algún movimiento de aquellos ojos tan negros. Y echaba de menos a Molly, esa niña tan llena de energía, cuya sola presencia había convertido su inmaculada y decorada casa en un verdadero hogar.

Por la noche soñaba con Wade y se despertaba acalorada y excitada. Nunca antes había sabido lo que era desear a un hombre con tanta intensidad.

–¿Y bien? –le preguntó Glenn, con el teléfono todavía en la mano–. Riverton necesita un centro comercial. Hazlo por mí.

–No sé.

–Hazlo por Tyler. Considéralo el último deber como esposa.

Lydia aceptó el teléfono y empezó a marcar el número de Wade, sin preguntarse a sí misma cómo lo había memorizado con tanta facilidad.

Wade colgó su sombrero y su cazadora vaquera en el perchero de metal, dentro del porche acristalado. Se quitó el barro de las botas de trabajo y olió el guiso que su madre tenía en el fuego. Miró a la cocina y vio a su madre poniendo la mesa. Se limpió los pies en el felpudo, antes de entrar en la cocina.

–Eso huele muy bien –dijo Wade–. ¿Qué es lo que hay al lado del guiso?

–Tarta de melocotón –le respondió Ruthie, mirando a su hijo mayor–. Britt y Tanya vienen a comer dentro de una hora.

–Pues yo me estoy muriendo de hambre. No me digas que tengo que esperar una hora a mi hermano pequeño y a su poco puntual esposa. ¿Ya han hecho las paces, o nos tendremos que pasar toda la comida viendo que no se dirigen la palabra?

–Trae leña para la chimenea y petróleo para la estufa –Ruthie abrió la puerta del horno y sacó una cazuela llena de grasa–. Anda, ayúdame un poco, mientras esperamos que vengan.

–Está claro que no te gusta ver parada a la gente.

–Yo no quiero meterme en los problemas que

65

puedan tener Britt y Tanya, pero me preocupan. A lo mejor tienes que hablar con tu hermano para ver si le puedes echar una mano.

–Me lo pensaré –Wade sacó una taza del armario y se puso café–. ¿Qué está haciendo Molly?

–Los deberes –Ruthie puso mantequilla en la cazuela y la volvió a meter en el horno.

–¿Ya hacen deberes en primero?

–Le han pedido que dibuje algo. Creo que van a hacer un libro de Navidad –Ruthie movió la cabeza y gruñó–. Van a celebrar una fiesta y han invitado a todas las mamás. Molly me ha preguntado si yo iba a ir.

–¿Y qué le has dicho?

–Pues que la abuelita era muy mayor como para ir a esas fiestas –le respondió moviendo de nuevo la cabeza, mientras se miraba sus arrugadas manos–. Sé que si voy a esa fiesta, después le voy a hacer sentirse avergonzada. Y eso me rompería el corazón.

–Madre, no tienes que explicarme nada. Sé lo mucho que quieres a Molly.

–Yo no encajo con todas esas mamás tan jóvenes. Seguro que hago o digo algo que avergüenza a Molly.

–Ojalá pudiera dejar de trabajar e ir yo.

–Britt puede hacer tu trabajo, si quieres –le dijo Ruthie sonriendo, al tiempo que se secaba una lágrima que le caía por la mejilla–. Esa niña necesita una madre. Una mujer joven que pueda acompañarla a las fiestas del colegio y esas cosas.

–Iré yo.

Wade se terminó el café en silencio, mientras su madre continuó con la comida. Cuando se levantó, para irse a por la leña, Ruthie le puso una mano en su brazo.

–Ha llamado Lydia Reid.

–¿Ha llamado Lydia aquí?

–Ha dicho que quería hablar contigo.

Wade se acaloró, sólo de pensar en aquella bella mujer, que había tenido en su mente noche y día.

–¿Te ha dicho que la llamara?

–Sí, a cualquier hora esta noche.

Wade se fue al vestíbulo, donde estaba el único teléfono de la casa.

–Dijo que era por una cosa de negocios –dijo Ruthie.

Levantó el teléfono, marcó el número y esperó, sintiéndose un adolescente llamando a su primera novia. En el momento en que oyó su voz, su cuerpo se puso en tensión.

–Soy Wade Cameron. Mi madre me ha dicho que has llamado.

Wade salió del camión, cerró la puerta y se colocó frente al restaurante de Stanley. El sol de noviembre calentó su rostro, pero el aire frío le recordó que el invierno estaba cerca. Entró en el restaurante y la esperó. Estaba lleno. Se sintió incómodo, al ver que varios clientes lo miraban, y se preguntó si estaban esperando por ver con quién iba a reunirse.

La camarera lo saludó con una sonrisa. Cuando le dijo que había quedado allí con la señora Reid, sonrió aún más. Se quitó la cazadora de cuero y se estiró la camisa.

Lydia estaba sentada en una mesa, al lado de la ventana. El sol daba un brillo a su pelo, como si fuera oro. Llevaba un vestido rosa de lana, del mismo tono que sus suaves labios. Al cuello se había puesto un collar de perlas, que descansaba en su seno. Llevaba pendientes haciendo juego y el pelo se lo había recogido en un moño.

Aunque llevaba semanas sin verla, no había dejado de pensar en ella ni un momento. Y allí estaba. No se podía imaginar el asunto que tenían que tratar. Pensó que a lo mejor era una excusa para verlo, porque lo echaba de menos, tanto como él a ella.

Lydia levantó la mirada, cuando vio a la camarera acercarse a la mesa, con Wade a su lado. De pronto se sintió acalorada. El corazón le dio un vuelco.

Lo observó, mientras se acercaba a ella, se detenía y la sonreía. Aquella sonrisa derritió su corazón. Había tanta calidez y amistad en aquellos ojos negros, tanta felicidad en su expresión. Era un hombre devastador. Alto, moreno; el hombre más masculino que jamás había conocido.

Lydia le ofreció la mano. Wade dudó por un momento y después se la estrechó.

—Gracias por venir —dijo—. Por favor, siéntate.

—Gracias por invitarme —le dijo.

—¿Les traigo algo para beber? —dijo la camarera, que se había quedado al lado de Wade.

—Café —dijo Lydia, sin apartar su mirada de Wade. Aunque no se lo había podido quitar de su imaginación, al verlo allí, en carne y hueso, se dio cuenta de lo inadecuada de su fantasía.

—Que sean dos —dijo Wade, sin fijar su mirada en Lydia, hasta que no se fue la camarera—. Te he echado de menos —le susurró.

Ella no supo qué responder. ¿Debería decirle la verdad? No, no podía. Era una comida de negocios, se recordó a sí misma. ¿Se habría pensado que le había llamado por algo personal?

—Yo también he echado de menos nuestras conversaciones, Wade. Creo que en aquel momento nos necesitábamos y que nos ayudó a superar la muerte de Tyler y de Macie.

La sonrisa desapareció de la cara de Wade. Apretó su mandíbula.

—No habrás vuelto a recibir más llamadas, ¿no?

—No. No, desde la última vez que te vi. Llamó una

persona media hora después de que te marcharas, y ya no han vuelto a llamar.

La camarera apareció con dos vasos de agua, que puso en la mesa, frente a ellos.

–¿Quieren pedir ya?

–Esperaremos un poco –le respondió Wade, con voz ronca. La chica lo miró sorprendida y se marchó.

–Creo que le has dado un susto de muerte –le dijo Lydia, quien miró a su alrededor, para ver si alguien se estaba fijando en ellos.

–Me decías que recibiste otra llamada, después de que me marchara aquella noche. ¿Era un hombre o una mujer?

–No se podía distinguir la voz.

–¿Llamaste a la policía?

–No.

–Me lo podías haber dicho.

–Dijimos que no nos íbamos a ver. Además, ya no recibí más llamadas.

_¿Era la misma persona? –preguntó él.

–Sí.

–¿Y qué dijo?

–Me advirtió que no te volviera a ver, o me arrepentiría –ella lo miró, con el corazón en un puño.

–¡Maldita sea!

–Baja la voz. La gente nos está mirando.

Aquello le sentó como si le hubiera abofeteado. Lo único que le preocupaba eran las apariencias.

–¿Para qué me has invitado a comer?

–¿Por qué no pedimos, primero? –Lydia miró la carta–. Podemos hablar de eso más tarde.

–Está bien –respondió, mirando también la carta que le había dejado la camarera. ¿Qué querría hablar con él?

Para Lydia estaba claro que Wade Cameron había ido a la cita pensando que iban a hablar de algo personal. Ojalá pudiera decirle lo que ella sentía. Que por encima de todo quería estar con él, hablar con él, compartir sus más íntimos pensamientos. Pero que si se quedaba mucho tiempo con él, sería mujer perdida. Aunque se consideraba una mujer fuerte, no creía poder resistir por mucho tiempo el deseo que se reflejaba en la mirada de Wade.

Aquella comida parecía que no iba a acabar nunca. Comieron muy despacio, hablando de vez en cuando de cosas sin importancia. Ella le dijo que había ido a Alabama y había pasado el día de Acción de Gracias con la familia de su hermano. Hablaron de los gallineros y del ganado, de las horas que él pasaba trabajando para sacar a flote el negocio, de los planes de ella para volver a trabajar de diseñadora y de que había decidido dar toda la herencia de Tyler a una institución caritativa.

–No quiero el dinero de Tyler –le dijo–. Si me lo quedara, me sentiría culpable.

–Pues yo creo que te lo debe, después de todo lo que te hizo pasar –Wade puso el tenedor en el plato y lo apartó un poco.

–Prefiero ganar el dinero por mí misma. Si todo sale como espero que salga, creo que voy a abrir una tienda de diseño en el nuevo centro comercial.

–¿Qué nuevo centro comercial? –le preguntó Wade.

–¿No has oído que quieren tirar las casas de Cotton Row y construir un centro comercial? –le preguntó Lydia, a quien el corazón le iba a una velocidad de vértigo.

–Yo pensaba que como hay algunos propietarios que no quieren vender, iban a construirlo en otro sitio –Wade sabía que Horace Pounders, Marcus Holt y su madre se habían negado a vender sus tierras.

–No hay un sitio mejor en todo Riverton –Lydia se limpió las manos en la servilleta y la dejó en la mesa–. No sé cómo la gente quiere conservar aquellas casas de Cotton Row. Son sólo casas viejas, que no sirven para nada.

—Veo que estás a favor de destruir parte del pasado de Riverton.

—Está claro que piensas que a mí no me importa nuestra herencia, pero no es verdad. Te he de informar que formo parte de la Sociedad Histórica y que he luchado por conservar muchas de las estructuras de antes de la Guerra Civil.

—¿Y entonces, por qué no Cotton Row? Mi madre no está dispuesta a vender esa tierra, si sabe que van a tirar la destilería y los demás edificios.

Lydia trató de calmarse un poco. Miró a la camarera, que le ponía el café en la taza.

—Costaría mucho más conservar esas casas que construir el nuevo centro comercial.

—¿Y qué?

—Las encuestas demuestran que la gente quiere un centro comercial moderno en Riverton, como en la mayoría de las ciudades del sur —cuando observó la cara de desaprobación de Wade, Lydia respiró hondo—. Si tu madre vendiera sus tierras, con el dinero que sacara podías pagar el préstamo del banco y construir nuevos gallineros.

—Si mi madre decidiera vender, el dinero que sacara sería para ella. Además, hay otra gente que tampoco está dispuesta a vender.

Lydia movió de lado a lado la cabeza.

—La única que no quiere vender es tu madre.

—¿Y qué pasa con el viejo Pounders y Marcus Holt?

—Glenn ha convencido al señor Pounders y me ha dicho que el señor Holt está a punto de dar su autorización.

—Ya entiendo.

—No te estoy pidiendo ningún favor en nombre de Glenn, ni tampoco por Tyler. Te lo estoy pidiendo porque Riverton necesita modernizarse.

—Pues no estás hablando con el Cameron que tienes que hablar –le contestó Wade–. Esa tierra es de mi madre y es la herencia que le dejó mi padre.

–Ya sé que tu madre es la propietaria, pero tú podrías hablar con ella. Pensé que tú eras la persona que le podría hacer entrar en razón.

Wade apretó el puño y golpeó la mesa con él. Retumbó hasta el suelo, con la fuerza de aquel golpe. Lydia lo miró horrorizada. La gente de las mesas de al lado se volvieron para mirar.

–Pues creo que te has confundido –le dijo. Se levantó y la miró con desprecio. Ella se había quedado pálida.

–Wade –aunque aquella reacción la había asustado, en ningún momento sintió que su integridad física pudiera peligrar. Le rompió el corazón saber que él se había sentido herido.

Él se quedó mirándola unos segundos. Luego sacó la cartera de su bolsillo. Dejó unos billetes encima de la mesa y se marchó. Lydia se quedó inmóvil, mientras sentía que la gente murmuraba y la miraba. Sin pensarlo un minuto, se levantó y lo siguió. Cuando lo alcanzó, él ya había llegado al camión.

–Wade, espera por favor –le suplicó.

Wade se paró y se volvió. Sin decir una palabra, le expresó cómo se sentía. Se reflejaba en sus ojos, en la forma de fruncir el ceño, en su respiración.

–Por favor, déjame que te explique.

–No hay nada que explicar. Haraway y tú, y Dios sabe quién más, pensásteis que, sabiendo lo que siento por ti, podríais utilizarme para conseguir lo que queríais.

–Eso no es cierto. Yo pienso de verdad que el nuevo centro comercial es muy importante para Riverton.

–Pues ya sabes lo que puedes hacer con tu nuevo centro comercial, señora Reid –se metió en el camión y cerró la puerta.

Había cometido un tremendo error, un error del

que estaba arrepentida. Ojalá pudiera decirle algo para que la perdonara.

–¡Wade!

Poco le importó que la gente que había en las calles la estuviera mirando, que más de uno de los propietarios de las tiendas viera a la elegante Lydia Reid suplicar a Wade Cameron.

Sin pensarlo dos veces, Lydia abrió la puerta de al lado del conductor, justo en el momento que Wade estaba dando marcha atrás. Mientras él miraba el espejo retrovisor, ella entró en la cabina y cerró la puerta de un golpe.

–¿Qué diablos estás haciendo? –él se volvió y la vio a su lado, con la falda bastantes centímetros por encima de la rodilla, con una carrera en sus medias.

–No he terminado de hablar contigo –le dijo, casi sin respiración.

–¿Cómo te atreves a subir al camión, de esa forma?

–Porque si no, no esperarías.

–Bájate.

–No –se secó el sudor de sus labios, con la mano. Había sido una locura subirse al camión, mientras él estaba maniobrando. Aquello, en vez de asustarla, le pareció divertido.

Cuando ella empezó a reírse, él la miró, creyendo que se había vuelto loca.

–¿De qué diablos te estás riendo?

Ella parecía no poder parar de reír.

–¿Te das cuenta de que la gente nos está mirando?

–Entonces, vámonos de aquí –le contestó, todavía con una sonrisa en sus labios.

Él la miró sorprendido, sin creerse lo que estaba oyendo. Pero ella ni se inmutó. Metió una marcha, aceleró y tomó la carretera del este. Los dos permanecieron en silencio.

Cinco minutos más tarde, Wade conducía por los caminos desiertos que llevaban hasta Cotton Row,

73

dos edificios de hormigón, con las ventanas rotas, totalmente vacíos y abandonados. Wade aparcó el camión al lado de uno de ellos.

Sacó las llaves y se las metió en el bolsillo, abrió la puerta y se bajó del camión. Lydia se bajó también y, con paso lento e inseguro, lo siguió hasta los viejos edificios. Cuando llegó a su lado, él se dio la vuelta.

–¿Y bien? –le preguntó, con un tono de desprecio.

–¿Y bien, qué? –le respondió.

–Que dijiste que no habías acabado de hablar conmigo.

–Glenn me pidió que hablara contigo. Al principio le dije que no, porque los dos habíamos acordado no vernos más.

–Pero Haraway te convenció para que me llamaras.

–La verdad es... La verdad es que te he echado mucho de menos, que acepté el llamarte porque quería verte.

El cuerpo se le puso tenso. Parecía una estatua.

Ella le puso una mano en la espalda, y aquella estatua empezó a respirar. Se dio la vuelta, la agarró con sus brazos y la apretó contra sí, de forma tan apasionada que se quedó sin respiración.

–Lydia –le dijo, con la boca sobre su cuello.

–Por favor, no me odies.

–Odio es lo último que podría sentir por ti.

Cuando ella suspiró, él aprovechó la ocasión para besarla, metiendo la lengua en su boca. Aunque un poco sorprendida por aquella respuesta, su cuerpo lo aceptó, como si fuera algo que hubiera estado esperando durante mucho tiempo.

Mientras se besaban él la acariciaba, desde el cuello a la cintura. Wade temblaba, de pura necesidad. Su respiración cada vez iba más deprisa.

Ella nunca había sentido nada igual, y la intensidad de su pasión la asustó. Se sentía totalmente desinhibida y supo que tenían que parar antes de llegar al punto sin retorno.

Perdida en las sombras del pasado y en los brazos de Wade, Lydia supo el significado de la palabra deseo. Era tan fuerte y poderoso como el viento, pero tan dulce e inmaculado como la puesta del sol. Sintió que entre ella y Wade Cameron estaba naciendo una relación, que nada ni nadie podría romper.

–No sabes cuánto te quiero –le dijo él, mientras le daba besos por toda la cara, mientras que con sus manos le acariciaba sus caderas, y la pegaba a él.

–No, por favor, no me hagas eso –le dijo, intentando apartarse. Su cuerpo le pedía más, pero su mente le advertía que no debía jugar con fuego.

–No te estoy haciendo nada que tu no me estés haciendo a mí –le dijo, todavía con las manos en su trasero, con su cuerpo pegado al de ella–. Tú deseas esto tanto como yo.

Ella apoyó la cabeza en su pecho y escuchó los latidos de su corazón.

–No lo puedo negar, pero es mejor que paremos.

–No.

–No podemos dejarnos llevar por los sentimientos. No está bien –tenía que hacerle entender que ella no era una mujer que hacía el amor con cualquiera.

–Lo que no está bien es que no lo hagamos. ¿No lo entiendes?

–No tenía que haber quedado contigo. Lo siento. Lo mejor es que nos digamos adiós –le dijo, intentando reprimir las lágrimas–. De lo contrario nos vamos a destruir el uno al otro.

Él quiso rebatir su argumento, decirle que no podían oponerse a la atracción que sentían, pero sabía que sería inútil dijera lo que dijera.

Miró a su alrededor, y vio aquellos edificios de Cotton Row y se sintió tan solitario como ellos.

–No creo que mi madre venda esta tierra. Es una mujer que no le gusta el cambio.

Lydia extendió su mano y le acarició la mejilla.

–Si las cosas fuera diferentes, creo que me gustaría conocer a tu madre.

Él le puso la manos en sus labios y la besó.

–Te llevaré a casa.

–Gracias.

El sonido del viento se oyó, a través de los cristales rotos de los edificios. Devorándose los dos con la mirada, intentaron decir adiós a una pasión que ambos sabían que nunca iba a morir.

Capítulo Seis

Wade estaba sentado en la barra del bar tomando una cerveza. Había un conjunto tocando uno de los últimos éxitos, y la pista de baile estaba abarrotada, en aquella noche de año nuevo. Hacía mucho tiempo que no iba por Hooligan, un sitio que era famoso por poner la música muy alta, tener buena bebida, mujeres de no muy buena reputación y una pelea de vez en cuando. Wade había dejado de frecuentar aquellos sitios desde que Molly había nacido. Pero esa noche se sentía sólo, más sólo de lo que se había sentido en muchos años.

Tanya se había ido con Britt a una misa que se celebraba a media noche, y Molly se había quedado dormida en los brazos de su abuela, antes de dar las nueve. Wade había estado paseando por la granja, escuchando el sonido de la lluvia al caer sobre el tejado de metal del porche de atrás. Miró a la oscuridad de aquella noche sin estrellas, y sólo vio la cara de Lydia Reid.

A las diez de la noche, después de haber estado paseando de un sitio para otro, enfermo de la necesidad de mujer se dirigió a Hooligans, donde sabía que podía encontrar una. En la hora que había pasado allí, ya había rechazado a varias. Una le había parecido demasiado mayor, otra demasiado delgada, otra muy alta. En ese mismo instante, una pelirroja de pronunciado pecho, estaba flirteando con él. No tendría más de veinticinco años, poseía una figura pequeña, pero voluptuosa y le estaba diciendo bastante claro que estaba disponible. Llevaba pantalones vaqueros muy apretados, con unos zapatos de más de ocho centímetros de tacón.

No quería admitir que la razón por la que había rechazado a las otras tres mujeres era porque sólo podía pensar en Lydia Reid.

La pelirroja le sonrió.

—Hola —dijo, con voz suave.

—¿Quieres bailar? —le propuso él, haciendo un gesto con la cabeza hacia la pista de baile, donde las parejas estaba bailando agarrados.

—Pensé que no me lo ibas a pedir nunca.

Wade le puso el brazo alrededor de los hombros. Ella se pegó a él, mientras la llevaba a la pista de baile. Cuando llegaron, se dio la vuelta y pegó todo su cuerpo, pecho contra pecho y su estómago pegada a su miembro en erección.

—Me gusta mucho como te sientes, cariño —le dijo ella restregándose, mientras apoyaba su cabeza en su pecho.

Se movieron por la pista, muy pegados el uno al otro, al ritmo de las guitarras y los tambores. Él estaba dispuesto. Ella deseosa. Lo único que tenía que hacer era pedírselo.

No había estado con una mujer desde hacía mucho tiempo. Necesitaba estar con una. Pero por desgracia, la que él quería no podía tenerla entre sus brazos.

—¿Quieres venir a mi casa? —le preguntó la pelirroja, mordisqueando el lóbulo de la oreja de Wade.

Él le puso las manos en la cintura y se la pegó a él. Deseaba una mujer, pero no esa mujer, no cualquier mujer, sólo a Lydia Reid.

—Me halaga mucho tu propuesta, pero te estoy utilizando, para olvidar a otra mujer. No te apetecerá eso, ¿no?

Ella lo miró y sonrió.

—Me han utilizado otras veces.

—Pero no yo —dejó de bailar y la acompañó a la

78

barra–. Oye, Snake, dale a esta dama otra copa. Yo invito –Wade sacó de la cartera algunos billetes y los dejó en el mostrador, luego se dio la vuelta y le dio un beso en la mejilla.

Cuando ya se iba a marchar, la pelirroja lo agarró por la muñeca.

–¿Sabe esa mujer la suerte que tiene?

Wade empezó a reír a carcajadas. Sin molestarse en responder, recuperó su chaqueta de cuero, se la puso y se dirigió hacia la salida.

En el momento en que abrió la puerta, vio que la lluvia que estaba cayendo cuando llegó al bar se había convertido en aguanieve. Se abrochó la cazadora, sacó las llaves del bolsillo y corrió hacia el camión. Se metió en la cabina, cerró la puerta de un golpe y se agitó, para quitarse la humedad del cuerpo.

Puso las llaves y arrancó el camión. Cuando llegó a la autopista, giró hacia la ciudad. Sabía dónde tenía que ir y qué era lo que tenía que hacer. Lo único que esperaba era que no lo rechazara.

Lydia estaba de pie, junto al sofá, en la habitación iluminada tan sólo por una pequeña lámpara que había en una mesita. Había llegado del baile de fin de año hacía tan sólo media hora. Había estado media hora sola y aquel lapso de tiempo le pareció toda una vida.

Se había quitado toda la ropa y se había quedado tan sólo con la braguita. Aunque en el exterior hacía mucho frío, en la casa había una temperatura muy agradable.

La verdad era que no había querido ir al baile, pero Glenn y Eloise habían insistido, diciéndole que todo el mundo la esperaba. Y habían tenido razón. Todo el mundo había estado amable y solícito con ella. Todo el mundo le había hecho sugerencias sobre la mejor forma de superar el golpe recibido, diciéndole que el tiempo todo lo borraba. Todas las mujeres hicieron referencias sutiles a Wade Cameron, preguntándole por su relación con el marido de la fallecida Macie. Todos los hombres la habían invitado a bailar, y más de la mitad le propusieron salir con ella.

Lydia nunca se había sentido tan feliz en una noche de fin de año. Dirigió su mirada hacia el reloj. Era la una y veinte. Un año completamente nuevo.

Muy pronto tendría que tomar algunas decisiones. No podía seguir sin rumbo, de la forma que había ido desde la muerte de Tyler en abril. Podría irse de Riverton, volver a Birmingham y volver a abrir la tienda de diseño de interiores. Le llevaría tiempo, pero sabía que podría volver a levantar el negocio.

Pero de alguna manera, pensó que irse no era la solución. Llevaba cinco años viviendo en Mississippi y se había encariñado con aquel estado, en especial con aquella ciudad que ella llamaba su hogar.

Pero si se iba, dejaría a un lado los problemas a los que tenía que enfrentarse en unos cuantos meses. Glenn Haraway le había dejado bastante claro, aquella misma noche que quería mantener una relación de tipo personal con ella. Incluso había llegado a decir que sólo por respeto a ella, y por todos los años de amistad con Tyler, no le proponía matrimonio en aquel momento.

Lydia no estaba enamorada de Glenn, y no tenía intención alguna de casarse con él. Había estado enamorada de Tyler, y su matrimonio había sido un desastre. No estaba dispuesta a tomar una decisión precipitada.

Pero si se iba de la ciudad, por lo menos no tendría que ver volver a ver a Wade Cameron. Durante más de un mes, había temido y soñado al mismo tiempo, el día en que se iban a ver otra vez. Aquel hombre se había convertido en una obsesión.

Desde que había cometido aquella locura de subirse a su camión, toda la ciudad había estado chismorreando acerca de la relación entre la viuda del alcalde y Wade Cameron. Había recibido dos llamadas misteriosas. Una la misma noche que había visto a Wade. La otra a las dos semanas, justo antes de Navidad, el domingo por la tarde. La voz le advirtió de nuevo que no debería ver más a aquel granjero.

De pronto, Lydia se dio cuenta de que se estaba retorciendo las manos. No había estado tan nerviosa desde la última vez que había visto a Wade, y no sabía lo que le podía estar pasando en aquel momento.

Se estaba mintiendo, se dijo a sí misma. Sabía perfectamente lo que le estaba pasando. Estaba excitada. Necesitaba un hombre. Y deseaba a Wade Cameron.

Se miró las manos, entrelazadas y se dio cuenta de que se estaba dando vueltas al anillo de casada. Sin pensárselo dos veces se lo quitó del dedo, lo puso en la palma de la mano y se lo quedó mirando. Ya hacía meses que se lo tenía que haber quitado. Ya no tenía significado alguno para ella. Era un simple recuerdo de un tiempo pasado con un hombre que la había traicionado, no una vez, sino varias.

Abrió el cajón de la mesilla y lo puso dentro. Después, se puso la bata de seda.

Intranquila, paseó por la habitación, completamente despierta y deseando a un hombre que sabía que no podía tener. Se casó virgen con Tyler, pero tampoco era una mujer sin experiencia. Había amado a su marido, y siempre había estado dispuesta a complacerlo. Durante los primeros meses de matrimonio, habían hecho el amor de forma rápida y frecuente, y Tyler le decía que le dejaba muy satisfecho. Pero había mentido. Nunca había logrado satisfacerlo, ni él a ella. En muy pocas ocasiones había disfrutado con él. En menos de un año, desde que se prometieron fidelidad hasta la muerte, Tyler ya se estaba acostando con otras mujeres.

Lydia no entendía cómo Wade Cameron provocaba aquellas emociones tan fuertes en ella, aquel deseo tan primitivo. Nunca antes había querido a un hombre de esa forma. Las fantasías eróticas la estaban volviendo loca.

Se puso la mano en el cuello y fue bajando hasta llegar a su pecho, se acarició los pezones y sintió que su cuerpo empezaba a responder. Tenía que parar de pensar en Wade. Tenía que dejar de imaginarse lo que sería hacer el amor con aquel hombre.

Se sentó en la cama, inclinó la cabeza, se cubrió la cara con las manos e intentó no echarse a llorar. En aquel momento oyó el ruido de un coche. No, no era un coche, se dijo a sí misma, era un camión.

Se levantó, se quedó al lado de la cama y se secó las lágrimas de los ojos. Se puso el cinturón de la bata.

¿A que vendría Wade, a la una y media de la noche? Antes de que pudiera imaginarse la razón de su llegada, Lydia oyó el timbre de la puerta. Se cubrió la boca con sus manos, respiró hondo y expulsó el aire. ¿Qué tenía que hacer, abrirle o no abrirle la puerta? ¡Y si le abría, qué iba a pasar después?

Salió de la habitación, bajó las escaleras y se dirigió hacia la puerta. Se detuvo en medio del vestíbulo, incapaz de seguir adelante. Él insistió una y otra vez. Estaba claro que quería verla.

De pronto el timbre dejó de sonar y empezó a golpear la puerta. Se dio cuenta que estaba utilizando el puño para ello.

–¡Lydia. Sé que estás ahí. Abre la puerta!

Estaba gritando. Y sus gritos podían despertar a los vecinos, alertar a Glenn y a Eloise de su presencia. Rezó para que no hubieran oído el ruido de su camión. Si los vecinos lo hubieran oído, todo el mundo sabría a la mañana siguiente que alguien había ido a casa Lydia a altas horas de la noche.

Leo, a quien despertaron los ruidos, salió del rincón donde dormía y se fue también al vestíbulo. Empezó a gruñir y a dar saltitos en frente de Lydia, mirando a la puerta y ladrando como una fiera.

Lydia se agachó le acarició la cabeza y susurró:

—Calla, Leo. No pasa nada.

Aquellas palabras lo tranquilizaron, pero siguió al lado de ella. Al cabo de unos segundos encendió la luz del vestíbulo. Rezó para que Wade se hubiera marchado. Esa noche se sentía sola y vulnerable, y su capacidad de resistencia no era mucha.

Los golpes en la puerta se oyeron de nuevo. Más fuertes. Leo gruñó.

—¡No me voy hasta que no te vea! —gritó Wade.

Casi corriendo, Lydia cruzó el vestíbulo, puso la mano en el picaporte y abrió la puerta de entrada a la casa. Wade Cameron estaba en el porche, con la cabeza y la cazadora cubiertas de nieve derritiéndose. Estaba apoyado en el quicio de la puerta. La miró con aquellos ojos tan negros, y ella sintió su cuerpo vibrar. Nunca antes había visto a un hombre tan guapo, mirándola con aquel deseo tan intenso.

Ella tenía el pelo suelto, que le llegaba justo a los hombros, sin nada más encima que una bata de seda transparente. Él había estado excitado durante horas, y al verla supo que o saciaba aquel deseo lo antes posible o se moriría. Nunca antes, en sus treinta y dos años de vida, había visto a una mujer tan guapa como la que estaba mirándolo, con un deseo innegable en su mirada.

Ella intentó decirle algo, pero no le salieron las palabras. El viento helado del mes de enero le traspasaba los huesos, haciéndola temblar. En la distancia se oyó el silbato de un tren y el ladrido de un perro. Leo ladró dos veces, y a continuación se restregó contra las piernas de Lydia. Olisqueó a Wade y luego movió el rabo.

Ninguno de los dos prestaba atención alguna al animal. Lo único que Lydia podía ver era a Wade. Lo único que Wade podía ver era Lydia.

–Lydia –dijo, en un susurro.

–No deberías estar aquí.

–No me eches –le contestó, sin apartar sus ojos de ella.

Algún mecanismo interno de Lydia cedió y se apartó, para que pasara al vestíbulo.

Sin decir una palabra, Wade entró en la casa y cerró la puerta tras él. Se desabrochó la chaqueta, se pasó la mano por el pelo y se acercó a ella.

Al verlo acercarse a ella, Lydia retrocedió unos pasos, muy lentamente, con cuidado, sin dejar de mirarlo. Si la tocaba, sabía que estaría perdida. Lo había deseado mucho y durante mucho tiempo. Se quedó mirándolo, observando cada detalle de su aspecto, desde los rizos de su pelo, hasta la punta de sus botas vaqueras. Él la estaba mirando con la misma intensidad.

Lydia se recreó en su cuerpo, observando el deseo en sus ojos, la decisión en su mandíbula, los músculos de su pecho y el bulto que formaba su miembro en los vaqueros.

Cuando él se dio cuenta de que ella se sentía incómoda, se detuvo y se quedó mirándola de arriba a abajo. Estaba incluso más guapa de lo que podía recordar. Además, nunca antes la había visto con tan poca ropa puesta. Aquella bata de seda, aunque tenía las mangas muy largas y casi le arrastraba por el suelo, no ocultaba las curvas de su cuerpo. Podía ver claramente el perfil de su pecho, la sombra de su pequeño ombligo, el bordado de sus braguitas.

Se sintió incluso más excitado, y gimió de necesidad. Necesitaba a Lydia y la iba a conseguir.

Dio un paso más hacia donde ella estaba. Ella retrocedió, hasta colocarse en la parte oscura del vestíbulo. Wade la siguió y la hizo apoyarse contra la puerta de la cocina. Ella permaneció de pie, muy rígida, latiéndole el corazón con fuerza. Él puso las manos en la pared, a cada lado de su cuerpo, bajó la cabeza y sus alientos de mezclaron.

–No te puedes escapar –le dijo, con los labios muy pegados a los de ella–. Ninguno de los dos podemos escapar.

–Wade –pronunció su nombre como si fuera lava saliendo de un volcán a punto de estallar.

–Sí, sí –puso su boca en la de ella, mordiéndole los labios con los dientes, lamiéndoselos. Empezó a besarla, metiéndole la lengua en la cálida cavidad de su boca.

Durante meses, había soñado con aquel momento. Y para ser sincero, tenía que admitir que había querido hacer el amor con Lydia Reid desde que la conoció, aquella noche en el hospital, hacía ya nueve meses.

No podía parar de besarla, su sabor le estaba volviendo loco. Tan dulce, tan cálido, tan viva. Ella gimió de placer, cuando él le puso las manos en su trasero, y la arrimó a su miembro en erección.

Lydia le puso las manos en el pecho, y le quitó la cazadora. Quería verle el pecho desnudo.

Uno a uno, fue desabrochando los botones de la camisa, mientras él acariciaba sus caderas y su trasero. Ella le quitó la camisa y la dejó caer al suelo. Al ver que llevaba camiseta debajo, se sintió frustrada. Intentó quitársela y casi se echa a llorar cuando se le quedó enganchada en sus anchos hombros. Pegó un tirón y logró lo que quería, poder disponer de su pecho desnudo. Cerró los ojos y se dejó llevar por el olor que sólo Wade poseía. Con dedos temblorosos empezó a acariciarlo, desde sus hombros a su cintura. cuando le puso las manos en el cinturón del pantalón, él la agarró por las muñecas y le puso las manos contra la pared.

–No puedo aguantar más –dijo él, jadeante.

–Te quiero –le respondió ella, cuando él le desabrochó el cinturón de la bata.

Cuando se la quitó, empezó a besarle el pecho y le metió la mano en las braguitas. Mientras le chupaba el pecho, le bajó las bragas hasta los pies.

Wade se arrodilló. Moviendo sus grandes manos por sus muslos, le acarició la suave piel de los muslos y las caderas. Metió la mano entre sus piernas, y le acarició la parte interna de los muslos, hasta que empezó sentir que el fuego la estaba consumiendo por dentro.

Wade, quien ya estaba a punto de perder la paciencia, apretaba a Lydia contra la pared, besándole el cuello, la barbilla, y después en los labios de nuevo. Se desabrochó los pantalones y se quitó el resto de la ropa. La echó a un lado y la agarró por las caderas, abriéndole las piernas, poniéndole los brazos contra la pared. Ella gritó cuando él le hizo poner las piernas alrededor de él, metiéndose dentro de ella de golpe.

Lydia se pegó a él, buscando su boca. Mientras él entraba y salía en ella, moviendo su cuerpo hacia delante y hacia atrás, le decía cosas muy sensuales al oído. cuando le dijo la sensación que sentía al estar dentro de ella, Lydia tembló, y no pudo pensar en otra cosa que en la intensidad que sentía en el vértice de sus piernas.

Wade sentía cómo ella apretaba su piernas alrededor de su cuerpo, temblando. Empujó con más fuerza y más deprisa, al tiempo que le susurraba algo al oído, y ella alcanzó el orgasmo. Sus gritos de placer retumbaron en las paredes de la casa.

Aquellos estertores le recorrieron el cuerpo y Wade, pegando el cuerpo al de ella, vertió su líquido en su interior. Se quedaron abrazados el uno al otro, muy juntos, sudorosos y temblando con el placer de haber saciado un deseo que se habían estado negando durante mucho tiempo.

Muy lentamente, Wade bajó las piernas de Lydia hasta que sus pies tocaron el ,suelo.

—Eres maravillosa, Lydia —le dijo, con sus labios en los de ella—, tan maravillosa.

—No, tú eres maravilloso —le respondió, y no protestó cuando la agarró en brazos y se dirigió hacia su habitación.

Varias horas más tarde, Lydia estaba sola en su cama. Oyó el sonido del motor del camión de Wade. Todavía no había amanecido, por lo que seguro que nadie lo vería marchar. Se dio cuenta que ya era demasiado tarde como para preocuparse de si alguien se había enterado de que Wade Cameron había ido a su casa a la una y media de la mañana y se había quedado allí más de cuatro horas.

El tiempo que había pasado con Wade, a pesar de que acababa de terminar, fue algo así como un sueño erótico, demasiado bonito para que hubiera sucedido en realidad, demasiado placentero para que fuera real. Y se dio cuenta que nunca antes había hecho el amor, que lo que había compartido con Tyler no se parecía en nada a lo que acababa de vivir. Había algo tan primitivo en lo que acababa de experimentar con Wade...

Cuando subió las escaleras, ella le indicó el camino de su habitación, sin pensar en las veces que había estado con Tyler en la misma cama. Wade la posó en ella, cubriendo todas las partes de su cuerpo de besos, acariciándole con la lengua la parte más sensible del mismo.

Cuando ya estaba a punto de alcanzar el orgasmo, intentó darle a él la misma satisfacción. Pero él se lo impidió, diciéndole que quería oírla gritar, y que alcanzara el orgasmo, antes de quedar él satisfecho.

Después, durmieron un ratito. Él se había despertado primero y empezó a acariciarla de nuevo. Y ella lo aceptó por tercera vez, sin pensar que sus pezones estaban demasiado sensibles y que le dolía el cuerpo de hacer el amor con Wade.

La última vez fue tan salvaje y excitante como la primera. Lydia sospechó que siempre iba a ser así entre ellos dos.

Wade le dijo que quería verla otra vez. Y reaccionó de forma bastante machista cuando ella le dijo que no quería tener una aventura con él, que ella todavía debía guardar luto por Tyler, y que la única relación que ella quería era el matrimonio.

Él le dejó bastante claro que no estaba dispuesto a casarse otra vez. No por el momento. Probablemente nunca. Macie había sido una decepción y le había enseñado no confiar en las mujeres.

Wade discutió con ella, tratando de convencerla de que por mucho que lo intentaran nunca iban a conseguir dejarse de ver. Cuando salió como una exhalación de su cama, le dijo que no iba a volver, que si quería verlo, tendría que ser ella la que fuera a buscarlo.

Ella quería a Wade, más de lo que hubiera pensado posible querer a un hombre. Le había dado más cosas, aparte del placer físico. Le había enseñado su sensualidad, le había devuelto parte del orgullo que Tyler le había arrebatado con todas aquellas infidelidades.

Pero Wade Cameron no encajaba en su mundo, ni ella en el de él. En su mundo, las mujeres que se quedan viudas no se acuestan con hombres que no sean de su mismo nivel social. Y el matrimonio, por descontado, era algo impensable. Él nunca estaría dispuesto a irse de la ciudad y vivir del dinero de ella. Y ella no estaba dispuesta a vivir en su granja, con su madre y su hija.

Tan sólo había una solución. Aquella noche tenía que pasar a la historia. Durante las próximas semanas, tendría que reconstruir su vida. Y lo tenía que hacer sin Wade Cameron.

Capítulo Siete

Lydia apagó la televisión portátil de trece pulgadas que había en la cocina. Dejó la taza de café vacía en el fregadero y miró por la ventana, observando las nubes grises que se arremolinaban y tapaban el sol de la mañana y daban al día un aspecto triste. Sin duda el pronóstico del tiempo, de lluvia al principio del día, para convertirse en aguanieve por la tarde, no iba muy desencaminado. Razón de más para vestirse cuanto antes e ir a la granja antes del medio día, decidió. En el Mississippi, el tiempo en febrero era impredecible.

No había visto a Wade Cameron durante más de seis semanas, pero había llegado el momento de hacerlo. Tenía otras posibilidades. Se podía haber ido de Riverton, sin decirle nada a nadie y mantener su secreto, quizá para siempre.

Lydia se sorprendió cuando Eloise no mencionó haber oído o visto el camión de Wade el día de Año Nuevo. A lo mejor el champán que bebió en la fiesta era la explicación del por qué la visita de Wade había pasado desapercibida. Fuera la razón que fuera, Lydia agradeció que los cotilleos sobre Wade y ella hubieran acabado. Aparentemente nadie en Riverton sabía lo que había pasado el día de Año Nuevo por la mañana. Nadie, a excepción de la persona que hizo la misteriosa llamada. Aquella voz le había dicho a Lydia que había cometido un tremendo error, al haber tenido una aventura con aquel patán, y le había advertido que debía romper la relación inmediatamente. Tan sólo ha-

90

bía recibido una llamada, el día dos de enero. ¿Qué pasaría cuando esa persona se enterara de su secreto?

Lydia había decidido dar un nuevo rumbo a su vida, después de aquella tempestuosa noche pasada con Wade. Cada día que había pasado había dado un paso para conseguirlo. Había repartido la mitad de la herencia de Tyler a instituciones de caridad, y la otra parte la estaba utilizando para montar la tienda de decoración de interiores. Decidió empezar en su propia casa, y ya había conseguido dos clientes, unos recién casados que querían que les decorase la casa, y un abogado y su mujer que estaban remodelando la suya.

Paseando por el estudio, Lydia dirigió su mirada hacia la mesa de trabajo, situada en una esquina. Los portafolios estaban apoyados en la pared. Su libreta con los teléfonos de los proveedores, estaba al lado del teléfono.

Miró el aparato, lo descolgó y empezó a marcar los números, uno por uno, y esperó a escuchar el tono de llamada.

Agarró al teléfono muy fuerte, y suspiró hondo al oír la voz de Ruthie Cameron.

–Hola...

Lydia colgó el teléfono, con manos temblorosas, sudando de los nervios. No podía hablar con él por teléfono. Tenía que ir a verlo en persona.

Después de lo que había pasado entre ellos el día de Año Nuevo por la mañana, había decidido evitarlo a toda costa. Aunque admitía que estaba medio enamorada de él, y que lo echaba mucho de menos, sabía que no tenían futuro juntos. Así que durante las últimas seis semanas, había tratado de ordenar su vida y olvidarse del deseo que sentía por un hombre que no tenía nada que ver con ella.

Pero después de visitar al médico en Corinth, se

enteró de que no podía planificar su futuro sin Wade.

Wade vio el BMW aparcado, nada más llegar del campo. Había pasado horas vigilando el ganado, dándoles la comida y comprobando las alambradas. Con aquel tiempo tenía que asegurarse de que el ganado estuviera sano y salvo.

Aparcó el camión al lado de la casa y apagó el motor, quedándose unos segundos en la cabina, observando el coche de Lydia Reid. Agarrando el volante, juró entre dientes, luego se inclinó y apoyó la cabeza contra sus nudillos. ¿Qué diablos estaría haciendo allí? Seis semanas antes le había dejado claro que no quería volver a verlo. Habían sido las seis semanas más largas de toda su vida.

No la había visto desde la noche que habían hecho el amor, desde la noche que ella se había vuelto loca en sus brazos. Cada vez que pensaba en ella, que era constantemente, se excitaba. Nunca había querido a una mujer de la forma que quería a Lydia.

Por el día no había problema, porque siempre estaba haciendo cosas, pero por la noche se quedaba horas y horas pensando en ella, sin poder dormirse. Recordaba hasta el último detalle de ella. Su olor, la suavidad de su piel, su sabor, su voz, aquellos quejidos de placer cuando él estaba dentro de ella.

A lo mejor, después de todo, no había ido a verlo a él. A lo mejor había ido a ver a su madre. A lo mejor Glenn Haraway la había enviado a hablar con Ruthie para ver si vendía su propiedad en Cotton Row.

Wade había oído rumores de que Lydia había estado viendo a viejos amigos de la familia. Tanya había dicho que la gente estaba apostando cuánto tiempo tardaría en casarse con el nuevo alcalde. Sólo de pensar en la posibilidad de que Glenn Haraway pudiera ponerle la mano encima a Lydia, le enfurecía tanto que hubiera sido capaz de pelearse con él.

A pesar de que sabía que Haraway podría ser mejor marido para Lydia que un tipo como él, no podía creerse que Lydia se pudiera casar con un hombre que no amaba. Seguro que no había hecho el amor con ella.

Agarró su sombrero, que estaba en el asiento de al lado, abrió la puerta del camión y salió. Estaba lloviendo. Corrió hacia la casa y entró por el porche de la parte de atrás. Dudó unos instantes, al oír las voces procedentes de la cocina. Su madre estaba conversando con Lydia en la cocina. Se preguntó qué podría pensar Lydia de una campesina como Ruthie Cameron.

–Ahí está –dijo Ruthie, cuando Wade abrió la puerta–. Iba a enviar a alguien a buscarte.

Wade se limpió los pies en el felpudo que había en la puerta, se quitó el sombrero y el abrigo de trabajo. No quería darse la vuelta y tener que mirarla. Tenía miedo, no sabía lo que decir ni lo que hacer.

–No pierdas el tiempo –Ruthie se levantó, sacó una taza del armario y la llenó de café–. La señora Reid ha estado esperándote más de una hora.

Cuando Wade dirigió su mirada hacia Lydia, ella bajó la mirada.

–¿Has venido a verme? –le preguntó.

–Siéntate –le dijo su madre, ofreciéndole la taza de café–. Debes estar congelado.

–Gracias –Wade aceptó la taza, pero no se sentó.

–Ha sido un placer hablar contigo, Lydia –dijo Ruthie, sonriendo–. Tengo que ir a coser, así que mejor me voy y así podéis hablar tranquilos.

Lydia parecía que había estado llorando, pensó Wade. Los ojos le brillaban y tenía ojeras. Pero estaba guapísima. Tan guapa allí, sentada en la cocina, como lo había estado en su propia habitación.

–No esperaba verte nunca más, y menos aquí en la granja –le dijo él, mientras ponía la taza en la mesa, sacaba una silla y se sentaba en frente de ella.

Lydia era incapaz de mirarlo a la cara.

–No hubiera venido si no fuera importante.

–Ya. Cuando vi tu coche aparcado ahí fuera me imaginé que Haraway te había enviado a hablar con mi madre –Wade agarró la taza con las dos manos.

–Esta visita no tiene nada que ver con Glenn, ni con el centro comercial. Es un asunto personal –se obligó a sí misma a mirar los ojos negros de Wade.

Su respiración y su corazón se aceleraron. La estaba mirando como si fuera una extraña. A lo mejor lo que habían compartido no había significado tanto para él como para ella.

–Parece grave –Wade puso dos cucharadas de azúcar en su café–. No creo que te hayas tomado la molestia de venir aquí para darme la invitación de boda, ¿no?

Lydia se quedó pálida.

–¿Qué boda? ¿De qué me estás hablando?

–Mi cuñada me ha dicho que todo el mundo está ansioso esperando el momento que Haraway y tú anunciéis vuestro compromiso.

–Eso es lo más ridículo que jamás he oído. Glenn y yo somos amigos. Era el mejor amigo de Tyler.

Wade dio unos sorbos de su taza de café.

–¿Entonces para qué has venido? –la observó, fijándose en la forma que sus ojos se habían humedecido, la forma en que se agarraba las manos, la forma en que su labio temblaba–. Creo que los dos estábamos de acuerdo de que lo mejor era no vernos más.

–Sí.

–¿Entonces?

–Creo que hay algo que debes saber –Lydia se levantó de la silla.

–Te escucho.

–Quiero que sepas que estuve a punto de no venir a verte, que pensé irme de la ciudad y volver a Birmingham.

–¿Qué es lo que quieres decirme?

–Estoy embarazada. De seis semanas.

Wade se lo había imaginado antes de que ella pronunciara aquellas palabras. Lo sabía. Aquella noche había perdido la cabeza, había ido a su casa sin ningún preservativo. Había hecho tres veces el amor sin ninguna protección. No había cometido locuras de ese tipo desde hacía años, desde que Macie le había enganchado con la excusa de que estaba embarazada.

–¿Estás segura? –Wade se preguntó si podría estar mintiendo. ¿Podría tener algún otro motivo para irle a contar aquella historia de que estaba embarazada?

–Fui a ver a mi médico ayer –Lydia no podía soportar ver la sombra de la duda en sus ojos. No podía soportar que no la creyera. ¿Se pensaba que iba a pasar por aquella humillación si no hubiera estado segura al cien por cien?

–¿No querías que nadie sospechara nada? –a lo mejor era verdad que estaba embarazada, pensó él. A lo mejor era de Haraway. No, para nada. Si estaba embarazada el niño no era de Haraway, se dijo a sí mismo. Lydia no era la clase de mujer que se acostara con dos hombres a la vez.

–Cuando le dije al médico que no estaba casada, me dijo que tenía varias opciones.

–¿Abortar?

–Esa, la de darlo en adopción, o tenerlo yo sola.

–No puedes quedarte en Riverton y tener un niño sin casarte. La gente es capaz de quemarte en una hoguera –Wade pensó que en aquel momento posiblemente se pondría a llorar. Macie había llorado cuando le dijo que estaba embarazada. Pero fue seis meses más tarde cuando de verdad se quedó embarazada de Molly, no la noche que había ido a llorarle.

—¿No te importa? —Lydia no entendía cómo era posible que no se inmutara. Era como si no la creyera, como si no pensara que habían creado un niño juntos.

—¿Qué quieres de mí? —le preguntó, dando un sorbo de la taza.

—No quiero nada, Wade —le respondió, agarrándose al respaldo de la silla de la cocina—. Pensé que, ya que eres el padre, te gustaría saberlo.

—¿Quieres casarte?

Abrió la boca y las lágrimas acudieron a sus ojos. Por una parte, Wade deseaba levantarse y tomarla en sus brazos.

—Tú no quieres casarte, ¿no? A lo mejor lo que quieres es que mi madre te firme la cesión de la propiedad de Cotton Row.

Las lágrimas le recorrían las mejillas.

—¿Por qué me dices eso? ¿Qué te pasa? Sólo he venido para decirte que estoy embarazada. Pensé que tenías derecho a saberlo. ¿No me crees?

—Eso es, cariño. No te creo —apartó la silla, se levantó y se dirigió hacia ella—. Una mujer una vez me dijo que estaba embarazada. Quería casarse conmigo y yo me casé. Juré que nunca más iba a caer en la misma trampa.

—Yo no te estoy pidiendo que te cases conmigo. No te necesito, ni a ti, ni nada de lo que tengas tú —le respondió, mirándolo con rabia. Llena de ira se acercó a él—. Eres un idiota —lo acusó, poniéndole un dedo en el pecho—. Tengo más dinero del que tú jamás puedas tener. Y por lo que se refiere a la propiedad de Cotton Row, a mi me importa un rábano. No digo la propiedad, sino el nuevo centro comercial.

Wade la miró fijamente, sorprendido por aquella respuesta, por la forma que ella se defendió, atancándolo. Sin pensarlo, la agarró por los hombros, y la zarandeó.

–No me mientas. Tú quieres algo.

Ella intentó apartarse.

–Déjame.

Él dejó de zarandearla, la abrazó y bajó la cabeza. A continuación la besó, de forma posesiva. Wade sintió que su cuerpo respondía, y en aquel momento se dio cuenta de que la quería tanto como siempre.

Ella se apartó, con los ojos llenos de lágrimas.

–Te prometo que no volveré a molestarte nunca más. No sé si me voy a quedar en Riverton o me voy a ir a otro sitio, pero te aseguro que ni yo, ni mi hijo te causaremos problemas.

Lydia salió corriendo de la cocina, agarrando el bolso y el abrigo del perchero.

–Lydia –Wade la siguió, y se detuvo justo detrás de ella.

–Yo no podría mentirte, Wade –le dijo, dándole la espalda. Cuando él le puso las manos en los hombros, ella se apartó.

Cuando él la llamó de nuevo, ella bajó las escaleras y se dirigió hacia su coche. El cielo estaba cubierto y caía aguanieve. Soplaba un frío viento del norte. Con lágrimas en los ojos, que le impedían la visión, con un sentimiento horrible de frustración, salió del camino que iba a casa de los Cameron y se incorporó en la carretera.

No estaba segura de cómo iba a responder Wade. Nunca se hubiera imaginado que la iba a tratar como la había tratado. En aquel preciso momento odiaba a Wade Cameron, y confió en que nunca más en su vida lo tuviera que volver a ver.

–¿Vas a dejar que se vaya así? –le preguntó Ruthie Cameron, quien salió del salón, con una aguja en una mano y un calcetín en la otra.

–¿Estuviste escuchando? –Wade dio un portazo y miró a su madre.

–Tenía que haber estado sorda para no oíros –Ruthie dejó la costura en la mesa de pino que había al lado de la escalera–. No has tratado nada bien a esa chica.

–Trató de convencerme de que estaba embarazada –Wade se pasó la mano por la cabeza, mientras paseaba nervioso por el vestíbulo–. No soy tan estúpido como para cometer el mismo error otra vez.

–No pero eres lo suficientemente estúpido como para comportarte como un tonto.

–¿Qué? –se dio la vuelta y miró a su madre, como si la estuviera condenando por algo.

–La chica que acaba de irse de aquí, con el corazón roto, no es Macie. Es Lydia Reid. Una mujer que ha tenido que tragarse su orgullo para venir hasta aquí y decirte que estaba embarazada. Una mujer que piensa que debes saber la verdad.

–¿La verdad?

–Sí, hijo, la verdad, lo que pasa es que no te enteras –Ruthie se metió en la cocina, y volvió con el sombrero y el abrigo de Wade.

–¿Qué es lo que...?

–No me contestes, Wade Cameron –le dijo Ruthie, mientras le daba el sombrero y el abrigo a su hijo–. Ve a buscar a Lydia. Pídele que te perdone por comportarte como un canalla. Y luego habláis tranquilamente y decidís lo que vais a hacer con mi nieto.

Sin decir una palabra más, Wade se puso el abrigo y el sombrero. ¿Por qué había tratado a Lydia de aquella manera? Su madre tenía razón. Lydia Reid no era capaz de mentirle. Cuando se lo había dicho, lo único que pensó fue en Macie, en las mentiras que él se había creído, en el dolor que había tenido que soportar después.

–Conduce con cuidado. La carretera está muy resbaladiza –le dijo Ruthie.

Pero no escuchó la advertencia de su madre, cuando se subió al camión y lo arrancó. No pudo ver el coche de Lydia, lo cual quería decir que se había marchado bastante deprisa.

Cuando la alcanzó, ya estaba a medio camino de la ciudad. Y la verdad es que iba bastante deprisa. Seguro que para alejarse cuanto antes de él. La verdad era que no podía culparla. Le había dicho bastantes tonterías.

Cuando Wade se dio cuenta de lo peligrosa que estaba la carretera y del hielo que se estaba formando en los árboles y en los postes de la luz, se imaginó que la temperatura había descendido bastante. Tocó la bocina, para que Lydia aparcase el coche al lado de la carretera. No debería estar conduciendo con aquel tiempo. Debería haberlo llamado y él habría ido a visitarla, en vez de arriesgarse a tener un accidente.

Cuando vio que ella no hacía intención de parar, Wade tocó la bocina por segunda vez. Y ella aceleró más. Estaba claro que se sentía herida y que estaba furiosa, y que no quería verlo. ¿Pero no se daba cuenta de que era peligroso ir a tanta velocidad?

Wade miró a la carretera y no vio a ningún otro coche en dirección contraria. Pisó el acelerador y se puso a su altura.

La vio a través de la ventanilla, con los ojos rojos e hinchados, la cara llena de lágrimas. Se le hizo un nudo en el estómago.

Cuando le indicó que parara, ella negó con la cabeza y siguió conduciendo. Él frenó un poco y se puso detrás de su BMW, decidiendo seguirla hasta la ciudad o hasta donde ella quisiera parar.

Pero Lydia aceleró más y el BMW se alejó. ¿Pero qué quería hacer? ¿Matarse? Wade pisó el acelerador también.

Lo que pasó después lo vio casi como si estuviera pasando a cámara lenta. El BMW derrapó, y se salió de la carretera.

Wade se asustó. Lo único que podía pensar era en Lydia. Tenía que llegar donde ella estaba. Asegurarse de que estaba bien.

Giró el camión a la izquierda y se colocó detrás del coche de ella. Abrió la puerta y saltó del camión. Corrió hacia el coche y abrió la puerta. Ella estaba apoyada contra el air bag, con la cabeza apoyada en las manos.

—¿Pero qué diablos estaba haciendo? –le gritó.

—Alejarme de ti lo más rápido que podía.

Wade entró en el coche y la agarró del brazo, para ayudarla a salir. Ella lo miró furiosa, pero aceptó su ayuda.

—Supongo que tendrás que llevarme a casa –le dijo, apartándose de él, tan pronto salió del coche–. Cuando llegue, llamaré a una grúa.

Cuando llegaron al camión, él le abrió la puerta. Ella intentó subir, perdió el equilibrio y se cayó en los brazos de Wade. De pronto Wade se dio cuenta de que se había desmayado. La subió al camión, dio la vuelta y se puso al volante.

—Tranquila, cariño. Te llevaré a un hospital –Wade nunca antes había estado tan asustado.

Wade se sentía como un animal en una jaula, recorriendo de un lado a otro la sala de espera. Se detenía en frente de las puertas automáticas de cristal, que daban al aparcamiento, miraba a la calle y veía los carámbanos en los tejados de las casas.

Diez meses antes, él había traspasado aquellas mismas puertas, la noche que Macie había muerto. En aquellos diez meses habían pasado muchas cosas. Había conocido a Lydia Reid. Se había enamorado de ella con locura, se había acostado con ella y la había dejado embarazada.

Se había comportado como un tonto cuando ella fue a contárselo. Había descargado con ella todo el odio acumulado. Pero ella no era la culpable de aquel odio. La culpable era Macie. Macie era la que lo había engañado, haciéndole creer que se había quedado embarazada. Y cuando él se dio cuenta y se quiso separar, ella ya llevaba dos meses embarazada de Molly. Aquella niña era lo único decente que había salido de aquella relación. Quería mucho a esa niña y si Lydia le daba una oportunidad, le demostraría que podía querer igual al hijo que llevaba dentro de ella.

Se sintió agonizar, sólo de pensar que podía haber perdido el niño en el accidente. ¿Por qué la había pitado y obligado a apartarse a un lado de la carretera? La podía haber seguido tranquilamente a casa y allí haber hablado con ella. Pero no, tuvo que presionarla para que ella fuera más deprisa.

Durante los seis años que había estado casado con Macie, había sido la mofa y el escarnio de sus amigos. Su mujer era la prostituta más conocida de Riverton. Y un hombre no olvidaba tan fácilmente cosas como ésa. Y menos en diez meses. Pero como le había dicho su madre, Lydia no era igual que Macie, y no tenía ningún derecho de acusar una mujer por los pecados de otra.

Después de lo que había pasado, todo el mundo en Riverton se enteraría de que Wade Cameron había llevado a Lydia al hospital, porque ella había tenido un accidente cuando volvía de casa de él. Y lo peor de todo era que todos se enterarían de que estaba embarazada. A la mañana siguiente ese sería el tema de conversación. Era algo odioso. Pero nada podía hacer para acallar aquellos rumores.

–¿Señor Cameron? –le llamó una enfermera.

–¿Qué tal está Lydia? ¿La puedo ver?

–El doctor Bickly ha terminado de examinarla. Quiere hablar con usted.

Aquella mujer con gafas, que Wade había visto con Lydia la noche que murió Tyler, le indicó el camino.

El doctor Bickly le ofreció la mano.

–¿Señor Cameron?

–¿Qué tal está Lydia?

–Bien, muy bien. Sólo un poco aturdida, por el accidente. Y no es de extrañar que una embarazada se desmaye.

–¿Le ha pasado algo al niño? –Wade no observó gesto alguno de condena en la mirada del otro hombre.

–Ni el niño, ni Lydia han sufrido daño alguno, pero el estado emocional de Lydia es otro problema.

–Está enfadada.

–Me ha dicho que fue a ver a un médico de Corinth, en vez de verme a mí, porque sabía que de esta manera se iba a enterar todo el mundo. Alguien la habría visto en mi consulta, o incluso alguna de las enfermeras podría habérselo comentado a su familia.

–Siempre le ha preocupado mucho lo que puedan pensar los demás –le dijo Wade.

–Así es como la han educado –le respondió Bickly–. ¿Conoce a su madre?

–No.

El doctor Bickly se frotó el cuello y se encogió de hombros.

–Está bien, Lydia quiere verlo, así que lo mejor es que vaya cuanto antes. Pero procure que no se altere.

Wade se levantó y se fue hacia la habitación donde estaba Lydia. Llamó a la puerta y entró. Estaba vestida y sentada en una silla. Aunque tenía cara de estar agotada, Wade pensó que era la mujer más guapa del mundo.

–El médico me ha dicho que estás bien. Y que el niño también está bien –cerró la puerta tras él y se quedó de pie donde estaba.

–Quería hablar contigo, antes de llamar a Glenn para decirle que me lleve a casa.

–No tienes que llamar a Haraway. Yo te llevaré.

–No. Creo que has dejado las cosas bastante claras esta tarde en la granja.

–Estaba equivocado. No estaba pensando en ti, sino en Macie –cuando vio el gesto de dolor que ponía, tuvo que rectificar sus palabras–. Lo que intento decir es que sé que tú no me has mentido.

–Gracias por creerme –le respondió, poniendo una cara muy digna.

–De todas maneras, sabes perfectamente que vamos a estar en boca de todo el mundo. Y sé que eso no te gusta. Pero es algo inevitable. No puedo hacer nada por evitarlo.

–Me voy a ir de Riverton –le dijo ella. Se puso de pie y se dirigió hacia donde él estaba.

–Tu no te vas a ir a ningún sitio –le dijo él.

–¿Has pensado en otra solución?

–Sí. En casarnos.

–¿Qué? –Lydia se apoyó en la mesa de al lado, para no caerse.

–Que nos vamos a casar en cuanto sea posible.

Capítulo Ocho

El juez Franklin, amigo personal de Lydia, los casó la primera semana de marzo. Dos empleados del juzgado hicieron de testigos. La ceremonia duró menos de cinco minutos. Durante los días que siguieron al accidente, Lydia había revisado una y otra vez las razones por las que no se tenía que casar con Wade Cameron, un matrimonio que desde el principio estaba destinado a fracasar. Pero después de mucho pensarlo, hubo dos cosas que inclinaron la balanza para decidirse a dar un paso tan importante. Primero, que estaba embarazada de más de dos meses. En segundo lugar, tenía que admitir que estaba enamorada de él.

–Ya estamos aquí –dijo Wade, cuando aparcó el camión–. Seguro que mi madre habrá preparado algún tipo de celebración.

Después de salir del camión, se fue a abrirle la puerta a Lydia. Estaba preciosa con aquel vestido beige y el sombrero haciendo juego. No obstante, no parecía una novia feliz. Estaba pálida, sonreía de forma forzada y sus ojos no tenían el brillo que ella acostumbraba a tener.

–Tu madre es muy amable –le dijo Lydia, cuando llegó al porche–. Me doy cuenta que yo no soy la clase de mujer que ella habría elegido para ti.

–Mi madre no se mete en esos asuntos. Te tratará bien si tú la tratas bien a ella.

Lydia se quedó mirándolo. Parecía estar incómodo con aquel traje negro, camisa blanca y corbata a rayas. Hubiera deseado que estuviera más feliz. ¿Cómo lo iba a estar? Por segunda vez en su vida se había tenido que casar con una mujer, obligado a ello.

—Trataré de ser una buena madre para Molly. Es una niña que me gusta mucho, y creo que yo también le gusto a ella.

—No te preocupes. Tú le gustas a Molly. No tienes que intentar ser su madre —Wade le abrió la puerta, para que Lydia entrara—. La única madre que ha tenido ha sido la mía.

Lydia se dio cuenta de que Wade no había tenido la intención de herir sus sentimientos, pero lo había hecho. ¿Cómo iban a ser un matrimonio normal, si él no quería que ella intentara esforzarse por convertirse en una madre para aquella niña?

Cuando entraron en el vestíbulo, Ruthie Cameron, salió del salón. Extendió sus brazos y abrazó a Wade y a Lydia.

—Bienvenidos a casa —la sonrisa de Ruthie era cálida y verdadera—. Entrad —se colocó a su hijo a la izquierda y a la novia a la derecha y los invitó a pasar al salón—. Tanya y Britt han venido y Molly no ha ido al colegio, para celebrar esta ocasión tan especial.

Molly, que llevaba un vestidito de flores, calcetines blancos y zapatos de cuero, salió corriendo a saludar a Lydia.

—Quería haber ido a la boda, pero mi padre no me dejó.

—No fue nada especial. No te perdiste nada.

—Pero ya están en casa, cariño —le dijo Ruthie—. Y tú te has quedado aquí para celebrarlo. Anda, vamos a la cocina y me ayudas a traer la tarta.

—Te voy a traer el trozo más grande, Lydia —le dijo Molly—. Y guardaré también algo para Leo. A Leo le va a gustar vivir en la granja.

—Id si queréis a hablar con Britt y Tanya. Molly y yo vamos a preparar las bebidas.

Lydia se sentó en un sillón, cubierto con una tela descolorida. Wade se sentó al lado de su hermano.

–Mamá me ha dicho que procure no expresar mis opiniones –dijo Britt.

–Por favor, Britt, compórtate –le dijo Tanya.

Lydia pensó que nunca antes había visto a un hombre con un aspecto tan peligroso. Sospechó que Britt estaba lleno de rencor por dentro, que estaba esperando el momento propicio para estallar.

–Bienvenida a la familia Cameron –le dijo Tanya–. Ruthie es encantadora y cuando conozcas a Lily y Amy te van a gustar, aunque nunca se sabe cuándo van a venir.

–Espero que podamos ser amigas –le dijo Lydia, a quien le gustó su nueva cuñada, aunque parecía una mujer bastante inmadura. Pero era una mujer dulce.

–Seguro –dijo Tanya–. Ruthie es buena compañía, pero casi nunca está en casa, porque tiene que ir a Tupelo y a Corinth a hacer la compra.

–Me encanta ir de tiendas. De vez en cuando tendré que ir a la ciudad. Estoy intentando volver a abrir la empresa de diseño de interiores. Ya tengo dos clientes y espero tener muchos más en el futuro.

–¿Vas a dejar que tu mujer trabaje, mientras está embarazada? –preguntó Britt a su hermano.

–No va a...

–Wade y yo todavía no hemos podido hablar de ello –dijo Lydia.

–Yo pienso que está muy bien que tengas tu propio trabajo –dijo Tanya, mientras se levantaba para ayudar a Molly, que venía con una bandeja llena de trozos de tarta–. Yo me casé nada más terminar en el colegio y no pude ir a la universidad –continuó diciendo, mientras le quitaba a Molly la bandeja de las manos–. Dámelo, cariño, yo te ayudaré.

–Quiero darle yo a Lydia su trozo. Es de chocolate, la que más le gusta a papá.

–Gracias –Lydia aceptó el trazo de tarta, preguntándose si iba a ser capaz de comérselo, porque le entraban náuseas cada vez que intentaba comer algo.

–Y aquí está el café –Ruthie colocó una bandeja con tazas en la destartalada mesa que había al lado del sofá, luego se sentó en una mecedora de madera frente a Lydia.

Molly apoyó sus bracitos en la silla de Lydia y se quedó mirándola.

–El mes que viene va a haber una fiesta de Pascua en el colegio y todas las madres están invitadas.

–Molly –Wade puso todo su cuerpo en el borde del sofá. Aunque sabía que su hija necesitaba una madre, no quería que presionara a Lydia de aquella manera.

–Me encantaría ir contigo a esa fiesta –le dijo Lydia–. Yo tenía una cesta para poner el huevo de Pascua, cuando era pequeña. Le diré a mi hermano que me la envíe.

–¿Y cómo es? –le preguntó Molly.

Lydia separó las manos en sentido vertical y luego horizontal para que se imaginara lo grande que era.

–El sábado por la noche, antes de Pascua, la pondremos a los pies de la cama, para ver si el conejito te hace una visita.

–El conejito de Pascua nunca ha venido aquí a la granja –dijo Molly–. Papi me compra una de esas cestas de un dólar que venden en las tiendas. Nosotros no sabíamos que se podía poner una cesta vacía a los pies de la cama. ¿No es verdad abuela?

–Es que las abuelas y los papis no saben mucho de los conejitos de Pascua. Pero las mamás jóvenes sí –dijo Ruthie, bebiendo después un trago de café–. Anda termínate eso, que nos vamos al trailer, para dejar a los recién casados solos.

–¿El trailer? –preguntó Lydia.

–¿Os vais tú y Molly? –preguntó Wade al mismo tiempo.

Ruthie giró la cabeza, para mirar a su nuera y le dijo:

–Britt y Tanya viven en un trailer, a medio kilómetro de aquí. Molly y yo vamos a pasar la noche con ellos y así tú y Wade podréis estar tranquilos.

–Señora Cameron, no es necesario –Lydia no estaba segura de si deseaba quedarse a solas con su silencioso y malhumorado novio.

–Sí, es necesario. Y deja de llamarme señora Cameron. Me puedes llamar Ruthie.

–Gracias, Ruthie –Lydia se conmovió al oír aquellas palabras de su suegra.

–Yo llevaré a Molly al colegio, así que podéis dormir todo lo que queráis –Ruthie dejó la taza en la bandeja, levantó un plato con pastel y comió un trozo–. Venga, vamos –se levantó–. Molly, ve a por la bolsa.

Molly todavía estaba apoyada en la silla de Lydia. Alargó la mano y tocó el collar de perlas que llevaba Lydia al cuello.

–Es precioso. Tienes muchas joyas, ¿no? Yo no tengo ninguna joya.

–Tan pronto como pueda te compraré un collar –le dijo Lydia.

–Britt, ve arrancando el camión –Ruthie puso a Molly de pie y la sacó al vestíbulo.

–Bueno, espero que mañana por la mañana, vengas a trabajar a la hora de siempre –le dijo Britt a su hermano.

Cuando Tanya se acercó a Lydia, ésta se levantó.

–No hagas ni caso de lo que dice Britt –dijo Tanya, dándole un abrazo–. Tiene buen corazón. Lo que pasa es que todavía no ha superado lo del accidente... Paul murió... y luego se casó conmigo y... Cuando lo conozcas mejor, ya verás que no es como parece.

De pronto Lydia y Wade se encontraron solos. Ella lo miró e intentó sonreír.

–Sacaré tus bolsas del camión. Cuando deje todo en nuestra habitación, tengo que salir un momento. No tardaré mucho, pero es que tengo que hacer unas cosas en la granja que no pueden esperar.

Al ver que ella no decía nada, él se marchó. A los pocos minutos estaba de vuelta con las bolsas. Subió las escaleras sin pronunciar una palabra. Antes de que Lydia pudiera decir nada, Wade bajaba por las escaleras de nuevo. Se había puesto los vaqueros y la camisa de trabajo. Le dio un beso en la mejilla, salió y cerró la puerta tras él.

Lydia fue poniendo los platos, uno a uno dentro del agua con jabón del fregadero. Cuando ella era niña, siempre había habido alguien en casa que se había encargado de aquellas cosas y cuando tuvo su propio apartamento, en la cocina había lavavajillas. Y en la casa que vivía actualmente además de lavavajillas, iba una señora a limpiar tres veces a la semana.

Lydia se miró las manos. Había pequeñas burbujas de jabón alrededor de su alianza. Lo miró y se sintió extraña. Aquel símbolo tan pequeño de un compromiso de por vida, le recordó la farsa que había sido su primer matrimonio. Tyler le había regalado uno con un diamante, pero sin embargo todos su juramentos de amor y fidelidad habían sido hechos en vano. Se preguntó si su nuevo marido iba a cumplir todas sus promesas.

Miró por la ventana de la cocina y vio a Wade. Deseó que acabara pronto. Ya llevaba más de dos horas esperándolo. Lydia pasó todo ese tiempo explorando la casa, y comprobó que estaba un poco destartalada. La estructura parecía sólida, y seguro que debajo de aquellas capas y capas de pintura y de aquel horroroso papel pintado, había unos buenos muros victorianos. Aquella casa era un horror para cualquier persona con un mínimo de gusto. Para una persona que se dedicaba al diseño de interiores, era una pesadilla. Confió en convencer a Wade y a su madre para que la dejaran empezar a reformarla, y pronto.

Cuando Wade volvió, le sugirió que podían cenar algo, porque tenía que salir otra vez. Antes de que ella pudiera decir una palabra, le recordó que era la mujer de un granjero y que se tenía que acostumbrar a que su marido se pasaba trabajando casi todo el día.

Comieron en silencio. Wade tenía mucho apetito pero Lydia no comió casi nada. Le dijo que si iba a convertirse en la mujer de un granjero tendría que comer más, porque tenía que estar fuerte. Ella le contestó que aunque viviera en una granja en esos momentos, no tenía intención alguna de convertirse en ama de casa. Cuando le recordó que tenía pensado volver a trabajar de decoradora de interiores, él le preguntó que quién se creía que iba a contratarla después de casarse con un patán. A continuación, él se levantó, le dijo que se pusiera cómoda, que iba a terminar de hacer algunas cosas.

Lydia lavó los vasos primero, luego los puso en el escurridor y a continuación lavó los platos y los cubiertos.

¿Y si Wade tenía razón?, se preguntó. ¿Y si la gente que había contratado a Lydia Reid para decorar sus casas, no estaban interesados en contratar a la señora de Wade Cameron?

Aunque Lydia sabía que la noticia de su embarazo y posterior matrimonio había sido la comidilla de la ciudad, excepto Glenn y Eloise, nadie se había enfrentado a ella. Eloise se había quedado lívida. Glenn le sugirió el nombre de un médico en Birminghan que se haría cargo de lo que había denominado «pequeño problema». Cuando les dijo a los dos que había pensado quedarse con el niño y que iba a casarse con el padre del mismo, Eloise le dijo que aquello iba a arruinar su carrera. Glenn le dijo que se casara con él, y cuando ella rechazó la oferta, le deseó todo lo mejor, diciéndola que si alguna vez lo necesitaba, no dudara en llamarlo.

Los días antes de la boda, Lydia había esperado que llamara aquella persona misteriosa. Seguramente, al estar casada ya con Wade Cameron, no tendría razón alguna para continuar amenazándola.

Lydia terminó de lavar los platos, anotó mentalmente todo lo que había que hacer en la cocina, y se fue al piso de arriba, a la habitación donde Wade había dejado su equipaje. No estaba segura, pero pensó que aquella era la habitación de Wade. Las cuatro habitaciones que había en el piso de arriba eran más o menos iguales, a excepción de una en la que había unos cuantos ositos de peluche y juguetes. Suelos de madera, techos altísimos, cortinas baratas en las ventanas y muebles en estado deplorable, con alfombras de lo más hortera.

Lydia suspiró de placer, al ver un pequeño cuarto de baño al lado de su habitación. Naturalmente, todos los accesorios eran arcaicos, pero la bañera con patas era preciosa. Había varias toallas limpias en un mueble, con una pastilla de jabón y unas toallas de tocador. Sin duda todo eso lo había dejado allí Ruthie. Lydia sonrió, imaginándose dentro de aquel baño tan antiguo. Según iban las cosas, era posible que fuera lo más interesante que hiciera en su noche de bodas.

Miró en el armario, en la cómoda y en otro mueble y vio que no habían dejado sitio para sus cosas. Tendría que dejarlas en las bolsas hasta la mañana siguiente, todo menos su bata azul, camisón y zapatillas.

Aquel día había sido el más largo y difícil de su

vida y deseaba que terminara cuanto antes. Wade ni siquiera había intentado hacer las cosas más fáciles para ella. Desde que su familia se había marchado, para que estuvieran solos, él no había estado un momento a su lado. Pero no estaba dispuesta a esperarlo en el piso de abajo, hasta que a él se le ocurriera terminar su trabajo. Lo que iba a hacer era bañarse y meterse en la cama y con un poco de suerte estaría dormida cuando él volviera.

Wade abrió la puerta de servicio, entró en la cocina y comprobó que todo estaba en silencio. Oyó el zumbido del calentador de agua, los chasquidos de la madera en la estufa del salón y el tic tac del reloj de su madre.

Sin duda aquel había sido uno de los días más largos de su vida. Tenía una nueva esposa y un segundo hijo en camino, y no tenía ni idea cómo iba a solucionar sus problemas financieros y emocionales. Debía un montón de dinero. Ya pasaban apuros siendo los que eran para, además, tener que alimentar a dos más.

Sabía que Lydia tenía medios para cuidar de sí misma y del niño, pero Wade no estaba dispuesto a que se gastara su dinero o el que le había dejado Tyler Reid. Un hombre tenía que ser el que cuidara de su mujer y su familia.

Sin embargo, era consciente de que Lydia no había querido casarse con él, que odiaba vivir en una granja o tener que separarse de todas las comodidades de su casa en la ciudad. Pero había aceptado casarse con él por las mismas razones por las que él propuso aquel matrimonio. Por el niño que iba a nacer.

Wade subió a la habitación, temiendo el momento que tendría que ver a Lydia cara a cara. Se había comportado como un cobarde, la había dejado sola, y se había ido a hacer sus cosas en el día de su boda. Ella merecía un mejor trato, un poco más de consideración, pero él había tenido miedo de quedarse solo con ella. Wade la quería, pero no estaba seguro que ella sintiera lo mismo por él.

La puerta de su habitación estaba abierta, y sólo la débil luz de la luna iluminaba la cama con el cabecero de bronce, donde Lydia estaba acostada. Entró muy despacio en la habitación, y se colocó al lado de la cama, se detuvo y miró a la mujer que parecía estar durmiendo en paz. Lo único que podía ver de ella era su cara y su pelo castaño sobre la blanca almohada.

Abrió la puerta del baño, encendió la luz y dejó la puerta abierta. Se quitó la ropa, y la dejó apilada en el suelo, apoyando las botas contra la pared. Se metió en la bañera, corrió la cortina y abrió el grifo de la ducha.

Cuando oyó el ruido del agua, Lydia abrió los ojos y miró en dirección al baño. Miró el reloj despertador que había en la mesilla de noche. Eran las nueve. ¿Se daría cuenta, cuando volviera, de que no estaba dormida? ¿Hablaría con ella? ¿Harían el amor?

Dio vueltas y vueltas, intranquila, esperando que él volviera, con el corazón en un puño. Aunque le daba miedo todo aquello, una parte de ella deseaba que la tuviera en sus brazos y le prometiera que todo iba a salir bien.

Quince minutos más tarde, como su madre lo había traído al mundo, Wade Cameron salió del baño. Su pelo brillaba a la luz de la luna.

Lydia tragó saliva, cerró los ojos y se quedó quieta mientras Wade se metía en la cama.

–Sé que estás despierta –le dijo, dándose la vuelta, para mirarla de frente.

Ella trató de permanecer en calma.

–¿Ya has terminado de trabajar?

–Por hoy sí. Mañana empiezo todo otra vez a las cinco de la mañana –se acercó a ella y tocó con una rodilla su pierna.

–Supongo que querrás que me levante y te prepare el desayuno.

–Dado que mi madre no está, sería muy amable por tu parte. Pero supongo que no estarás acostumbrada a levantarte tan temprano.

–No sé cocinar muy bien, pero sí sé cómo se hace una tortilla.

Wade la abrazó. Tenía el camisón de seda puesto.

–Quítate el camisón.

–¿Qué? –intentó apartarse de él, pero no la dejó.

–Es nuestra luna de miel. Somos marido y mujer. Una de las ventajas que tiene el matrimonio es que podemos dormir juntos –le pasó una mano por el costado, agarró el camisón y tiró hacia arriba–. Quítatelo.

–No puedo quitármelo si me abrazas tan fuerte –le dijo.

La soltó y se acomodó la almohada debajo de la cabeza. Muy lentamente, Lydia se quitó el camisón. Wade agarró la prenda y la tiró al suelo. Cuando la volvió a abrazar otra vez, ella se quedó rígida y empezó a temblar.

–No voy a hacerte daño –Wade se dio cuenta de que estaba asustada, y aquel pensamiento le desagradó.

–Lo sé. Es que... es que... –ella reprimió sus lágrimas, mientras su cuerpo temblaba.

Wade le acarició la espalda, para que se tranquilizara.

–Te quiero, Lydia. Quiero abrazarte, besarte y hacer el amor contigo. Eres mi mujer y quiero que seamos felices.

–Yo... también quiero que seamos felices –se relajó un poco, al recordar su cuerpo el placer que le había dado aquel hombre–. Lo que pasa es que no

114

creía que mi vida iba a cambiar de esta manera. No estoy preparada para vivir en una granja, para ser la madre de Molly, para ser tu mujer.

–No hace falta precipitarse –Wade la besó en la frente, luego en las mejillas y después en la barbilla–. Para ninguno de nosotros va a ser fácil.

–Oh Wade, lo siento –lo abrazó con fuerza, al tiempo que le daba besines en los hombros–. Yo sé que esto no es lo que tu querías, tampoco.

–Puede que no hubiera pensado casarme otra vez, pero no dudes un momento que te quiero –le puso la mano en la cintura y la pegó a él.

Lydia suspiró, al comprobar el estado de excitación en que se encontraba.

–Con sexo no se va a solucionar todo –le dijo ella.

–Es posible, pero por el momento es lo único que podemos hacer.

Quería a aquella mujer, la quería más de lo que había querido a nadie jamás, pero no podía permitirse enamorarse de ella. No podía poner su destino en sus manos.

Agarró la sábana y las mantas y las tiró hacia atrás.

–Quiero verte –le dijo, sentándose, mientras que recorría con sus manos todo su cuerpo–. Me encanta mirarte. Me encantan tus pechos y esos pezones –se agachó y le chupó uno.

–Wade...

Él le puso la mano entre las piernas y se las apartó un poco. Empezó a acariciarla el pubis con el pulgar, mientras que la penetraba con los dedos. Ella arqueó su cuerpo y gritó.

Wade se puso encima de ella, colocando las manos a cada lado de su cuerpo.

–Mírame –le dijo, cuando ella cerró los ojos. Ella le puso los brazos alrededor de su cuello y tiró de él para abajo.

–Por favor, Wade... por favor.

Quería decirle que lo amaba, que podía ofrecerle

más cosas que sólo sexo, pero no quería correr el riesgo de darle a conocer el poder que podía tener sobre ella. En una ocasión le dio todo su corazón a Tyler Reid, había confiado toda su vida a aquel hombre, y la había traicionado. En este matrimonio, por lo menos sabía que su marido no estaba enamorado de ella. Pero estaba decidida a cambiar aquella situación. Encontraría la forma de hacer que Wade Cameron se enamorara.

Ella sintió su miembro en erección, fuerte y exigente, cuando se puso encima, tocándole los muslos. Se abrió de piernas y lo invitó a entrar, en silencio.

—Dime, Lydia, dime —él le chupó un pezón endurecido, y pasó su lengua de un pecho a otro, agarrando los pezones con la boca.

—Te quiero —ella le puso las manos en el trasero, le agarró y suplicó para que la poseyera. Si lo único que tenían era sexo, habría que aprovecharse de eso por lo menos.

Wade entró en ella de pronto, juntando sus cuerpos, moviéndose a un ritmo tan viejo como el tiempo y tan poderoso como las fuerzas de la naturaleza. Entraba y salía una y otra vez, cada vez más deprisa, con más fuerza. Lydia respondió, tensando y relajando su cuerpo, preparándose para el momento de alcanzar el orgasmo.

Lydia tembló, gritó y le clavó las uñas en el trasero, mientras él se desplomaba encima de ella, su cuerpo temblando después del orgasmo.

Poco a poco se salió de ella, la abrazó y se colocó a su lado. Ninguno de los dos dijo una palabra, pero ambos oyeron sus jadeos y las palpitaciones de sus corazones.

Horas más tarde, mientras Lydia estaba durmiendo, Wade se había levantado y estaba mirando por la ventana. De vez en cuando desviaba su mirada hacia la cama, para ver a la mujer que se había convertido en su esposa. Lydia no era una mujer para vivir en una granja. Era una mujer de ciudad, una dama que había pasado toda su vida llena de lujos.

Se preguntó cuánto tiempo estaría dispuesta a quedarse con él. Sabía que era sólo una cuestión de tiempo, porque al final se iba a marchar. Pero no iba a dejar que su marcha le rompiera el corazón. Si el sexo era lo único que los unía por el momento, tendrían sexo.

Capítulo Nueve

Lydia se puso el teléfono en el oído y escuchó cómo la persona que había al otro extremo de la línea le advertía que dejara a su marido, que se iba a arrepentir si se quedaba en aquella granja. La mano le temblaba mientras sostenía el auricular. Aquella era la quinta llamada desde que se había casado con Wade, hacía ya un mes.

Aunque las llamadas le ponían terriblemente nerviosa, Lydia no se lo había contado a nadie. Aquella misteriosa persona no había hecho nada contra ella, ni tampoco contra la familia de Cameron, por lo que decidió que lo mejor era no decírselo a Wade. Bastante difíciles eran las cosas entre ellos, como para añadir algo más a sus problemas. La tensión entre Wade y ella había ido en aumento, encontrándose ambos en un matrimonio que ninguno había querido. Un matrimonio para el que ninguno de los dos había estado preparado. Así que, si el que llamaba no llevaba sus amenazas a la acción, Lydia no iba a mover un dedo.

–¿Era Tanya? –preguntó Ruthie Cameron, desde la cocina.

–No, se habían confundido –Lydia se apoyó contra la pared, y respiró varias veces.

–Parece que la gente se confunde mucho últimamente –dijo Ruthie.

–¿Han terminado de cocer los huevos? –preguntó Lydia.

–Casi –dijo Molly–. Estoy removiendo el tinte, como me enseñaste. Creo que ya está.

–Estará en un minuto –Lydia se colocó el cuello de su jersey y se fue hacia la puerta, que estaba abierta, para que el sol de abril iluminase el vestíbulo.

Ya casi se olía la primavera en el aire. Al día siguiente era domingo de Pascua, un día en el que se celebraba la renovación de la vida.

Lydia se puso la mano en el estómago. La nueva vida que crecía dentro de ella, había hecho algunos cambios en su fisonomía, pero sólo el más observador podía detectar que Lydia Cameron estaba embarazada de más de tres meses. Incluso ella, había veces que se olvidaba de que estaba embarazada. Ruthie le había dicho que tenía suerte de no ser una de esas mujeres que estaban todo el día mareadas.

Por suerte, tampoco el embarazo la había puesto especialmente sensible. De haberlo hecho habría matado a Wade o le habría dejado. Aunque cuando estaban solos en la habitación, Wade era un hombre muy cariñoso, que trataba de complacerla al máximo, transportándola a unas cotas de placer que ella nunca pensó pudieran existir.

Pero discutían por todo. Él no quería que ella trabajara. Ella le decía que ya una vez había dejado su profesión por un hombre y que no pensaba cometer la misma equivocación. Ya había finalizado un proyecto y tenía dos nuevos clientes. A pesar de que su matrimonio y embarazo seguía siendo la comidilla de la ciudad, no parecía que ello hubiera afectado la opinión de la gente con respecto a su profesión como decoradora. Bien era cierto, que ninguno de sus clientes era de Riverton. Unos vivían en Tupelo y otros en Iuka.

Lydia quería introducir algunos cambios en la casa, pero no se atrevía a decírselo a Wade. Decidió hablar con Ruthie, quien le dijo que era una idea magnífica, pero le advirtió que tuviera cuidado cuando se lo dijera a Wade, para no herir su orgullo masculino.

Ruthie Cameron era una mujer abierta y honesta. Ya le había dicho a Lydia lo que pensaba de su matrimonio. Pensaba que Wade y ella no tenían nada que ver y que tendrían que esforzarse mucho, si querían que aquello funcionara. Para los dos resultaba muy difícil confiar el uno en el otro. Ambos eran inseguros y tenían miedo. Wade no se había declarado todavía, y ella no se atrevía a decírselo a él.

Molly necesitaba una madre y la había aceptado sin reservas, y siempre se ponía de su lado, las pocas veces que expresaron sus desacuerdos en su presencia. Y cuando le contaron que iba a tener un hermanito, la idea le encantó.

Lydia había llamado a su madre, que vivía en Houston, para contarle que se había casado. La reacción tan negativa que tuvo no le sorprendió. No obstante le envió un regalo. Una cubertería de plata.

A su hermano, se lo contó en persona, y se tomó las cosas mejor de lo que ella había previsto. Incluso se fue a la buhardilla de la casa para ver si encontraba la cesta de Pascua de Lydia.

A Molly le encantó aquella cesta y se la había llevado muy orgullosa al colegio. Lydia le ayudó a decorar los huevos y a preparar la cesta para el jueves por la noche y el viernes se fue a comer con el resto de las madres de los niños. La niña y su madrastra fueron el centro de atención de todo el mundo. Por suerte la niña ni se dio cuenta de las miradas y los comentarios. Estaba feliz de tener una madre que la acompañara, por primera vez en su vida, como el resto de los niños.

—La abuela ha dicho que los huevos ya están —le dijo Molly a Lydia.

—Bien. Prepararemos todo para mañana.

—¿Crees de verdad que el conejito va a venir esta noche a la granja? —preguntó Molly.

—Te lo garantizo. Lo único que tenemos que hacer es poner la cesta a los pies de tu cama —le dijo, mientras pensaba en todas las cosas que había escondido en su armario.

–Daos prisa si queréis terminar de decorar esos huevos antes de que venga Wade –dijo Ruthie, abriendo la puerta del horno, de donde sacó tres pasteles.

–Mete los huevos en los tazones con la comida de colores y dales vueltas con la cuchara –le dijo Lydia a Molly.

–Abuela, Lydia y yo vamos a decorar mi habitación. Lydia me ha dicho que será mi regalo de cumpleaños. Y me va a regalar su colección de muñecas.

–Eso sí que es un regalo.

–Pensé que la habitación de Molly es el mejor sitio para empezar a decorar la casa.

–Tendrás tiempo para hacerlo, porque el cumpleaños de Molly es en junio. Después te quedarán cuatro meses para decorar la habitación del hermano pequeño de Molly.

–¿Y cómo sabe el médico que es un niño? –preguntó Molly, mientras teñía los huevos.

Los ladridos de los perros, precedieron a los golpes en la puerta. Lydia abrió la puerta de la cocina y miró hacia el porche. Allí vio a Glenn Haraway.

–Porque hacen pruebas a las mamás –dijo Ruthie–. ¿Quién es? –preguntó a Lydia.

–Glenn Haraway.

–¿Quieres que le diga que entre? –le preguntó Ruthie, mientras se limpiaba las manos en el delantal.

–No, yo iré –Lydia miró a Molly–. Saca los huevos y déjalos secar.

Lydia se puso muy contenta de ver a Glenn. Aunque él la había llamado para ver qué tal estaba y había visto a Eloise en la iglesia los domingos, aquella era la primera vez que se la iba a visitar a la granja.

–¿Qué tal Glenn? ¿Es una visita de cortesía?

–Sí y no. Había pensado hace tiempo venir a verte, pero no sabía cómo podía reaccionar tu marido.

–Wade sabe que somos amigos desde hace años.

–Ya. En realidad he venido para tratar un negocio con la señora Cameron. Luego si quieres damos un paseo y me enseñas la granja.

–¿De qué tienes que hablar con Ruthie?

–Tengo que convencerla para que venda sus propiedades en Cotton Row, o nos podemos olvidar del centro comercial.

–No va a vender. Cuando alguien le habla de esos edificios, no razona.

–Ojalá viniera un terremoto y los tirara –le dijo, poniéndole una mano en el hombro–. Mira, Lydia, ya que ahora eres de la familia, podías tratar de convencerla. Después de todo, los Cameron necesitan dinero. Esos chicos están de deudas hasta las cejas.

–Todo el mundo en la ciudad sabe que yo quiero conservar esos edificios de Cotton Row –dijo Ruthie, cuando llegó al vestíbulo–. Mi padre no tenía nada, y cuando murió sólo me dejó la tierra. Es todo lo que tengo de él. Y no lo voy a vender para que la gente rica se haga más rica.

–Pero señora Cameron... –Glenn quitó el brazo del hombro de Lydia.

–Molly ha terminado con los huevos –dijo Ruthie–. Está deseando que venga su padre para enseñárselos.

Lydia se miró el reloj.

–Tu padre no puede tardar mucho. ¿Quieres que vaya contigo y te ayude a cambiarte?

–No es necesario –dijo Ruthie–. Quédate aquí si quieres, yo iré con ella y la ayudaré a ponerse todo lo que la has comprado.

–Seguro que cuando papá vea lo guapa que estoy, va a venir a la iglesia mañana con nosotros –le dijo a Lydia sonriendo, y se fue con su abuela escaleras arriba.

–¿Le compras vestidos a la hija de Cameron? –preguntó Glenn–. Si vende Cotton Row podría tener suficiente dinero para comprárselos él mismo.

–Wade gana lo suficiente para cuidar a su hija –le contestó Lydia, a quien no le gustó la crítica que hizo de su marido–. Pero ahora es mi hija también y me gusta comprarle cosas.

–¿Te gusta jugar a ser madre y esposa en una granja? –le preguntó Glenn riéndose–. Tú no estás hecha para este tipo de vida. Al final te vas a aburrir de todo esto, de no poder hablar con nadie más que de pollos y gallinas.

–Glenn me estás insultando –le dijo Lydia, apretando los puños–. Los Cameron son gente buena. Y me gustan.

–Mira Lydia, ¿por qué no admites que te has confundido? Deberías haber abortado, habría sido lo más sensato.

Lydia intentó darle una bofetada, pero Glenn le sujetó la mano.

–Yo quiero a este hijo. Nunca... nunca...

–Pronto te cansarás de este tipo de vida. Cameron es un patán, un paleto que no tiene ni donde caerse muerto.

–Glenn, si vas a seguir hablándome así, lo mejor es que te marches –Lydia se soltó.

–Te esperaré, hasta que recobres el juicio –Glenn la abrazó, y cuando ella intentó apartarse, él la sujetó más–. Estoy dispuesto incluso a hacerme cargo del niño. Al fin y al cabo es tuyo y eso es lo que importa.

Wade Cameron entró en el vestíbulo hecho una fiera. Lydia se encogió al verlo. Clavó su mirada en ella, la apartó de los brazos de Glenn y lo agarró por el cuello.

–¡Aquí lo único que importa es que ese niño que lleva dentro es mío! –Wade puso a Glenn contra la pared, como si le fuera a estrangular.

–Wade, por favor, déjalo –le suplicó Lydia, intentando que lo soltara.

–De no ser por Lydia, te estamparía contra la pared, pero no quiero que se enfade.

–Wade... –Lydia se apartó unos pasos, rezando en silencio para que su marido controlara su temperamento.

En ese momento Molly Cameron bajó las escaleras, con su vestido nuevo. Lydia fue hacia ella, esperando así, desviar la atención de su padre.

–¿Qué pasa? –preguntó Molly–. ¿Está papi peleando con ese hombre?

–No –Lydia la agarró de la mano e intentó darle la vuelta.

Ruthie bajó la escalera, escalón por escalón, sujetándose al pasamanos.

–Molly, ven aquí.

–Pero abuelita, papi y ese hombre...

–¡Molly Cameron! –le ordenó Ruthie, haciendo un gesto con la mano. La niña subió al instante.

Wade agarró a Glenn Haraway por la parte de atrás del cuello, le dio la vuelta y lo hizo caminar hacia la salida. Abrió la puerta y lo empujó. Glenn se tambaleó y cayó al suelo. Se levantó rápidamente, se quitó el polvo de su traje y se metió en su Audi.

–Y no venga nunca más aquí, señor Haraway. Y aléjese de mi mujer, o la próxima vez no le voy a tratar con tanta delicadeza.

Lydia tembló; un suave pero firme escalofrío que le recorrió de la cabeza a los pies. Wade la agarró por los hombros.

–No te acerques a Haraway. Eres mi mujer, y no quiero que estés con otros hombres.

–Creo que me estás confundiendo con tu primera mujer.

Wade ignoró su comentario.

–Ese hombre está enamorado de ti. Te quiere. Y me odia porque tengo lo que él quiere tener.

La bilis le subió a su garganta, y casi se ahoga.

–Glenn... Glenn ha venido a hablar con tu madre, para convencerla de que venda Cotton Row.

–Eso sólo era una excusa.

–Es la verdad.

–¿Sí?

–No miento.

–¿Tú crees?

–No ha pasado nada. Te estás comportando como si....

–Entro en mi casa y veo a un hombre decirle a mi mujer que la estará esperando cuando recupere el juicio y me deje –le dijo, inclinando su cabeza, hasta que sus labios tocaron los de ella–. Te quiere tanto que está dispuesto a reconocer a mi hijo si puede conseguirte a ti.

–Oh, Wade...

Y la empezó a besar, en un gesto posesivo. Le metió la lengua en la boca, mientras le sujetaba la cabeza. Cuando por fin la soltó, ambos estaban casi sin respiración.

Lydia le dio la espalda. Wade la agarró por la cintura, con sus grandes manos.

–Eres mía –le dijo, mientras levantaba su mano y le ponía los dedos a la altura de sus ojos–. Este anillo dice que eres mía –luego le puso esa misma mano en su tripa–. Y esto también es mío.

–Si yo soy tuya, entonces tú eres mío. Pero yo sin embargo no lo siento así. Desde que nos hemos casado no has hecho nada para que me sienta amada y querida.

Y se fue corriendo escaleras arriba, con lágrimas en los ojos, ignorando a Ruthie Cameron, que estaba en las escaleras.

Wade se dio la vuelta y le pegó una patada a la mesa donde estaba el teléfono.

–¡Mierda! –volvió a la cocina, arrepentido por haberse comportado como un idiota.

Sin nada más que una toalla alrededor de sus caderas, Wade estaba en la cama, con las manos cruzadas detrás de la cabeza, mientras observaba a Lydia de puntillas, intentando alcanzar algo del armario.

–¿Quieres que te ayude? –le dijo, levantándose de la cama.

–No, gracias –bajó una gran bolsa de papel.

A Wade le sorprendió que le hubiera respondido. No le había dirigido la palabra en todo el día. Y no podía decirle nada, porque se había comportado como un tonto. No estaba arrepentido de nada de lo que le había dicho o hecho a Glenn Haraway, pero hubiera deseado no haberla acusado a ella de la manera que la acusó.

Cuando Lydia abrió la puerta de la habitación, Wade le preguntó:

–¿Estás segura de que Molly está dormida?

–Sí. Fui a su habitación hace unos minutos –Lydia salió al pasillo.

Wade fue a la puerta y miró cómo Lydia se metía en la habitación de Molly. Su mujer estaba haciendo de conejito de Pascua. Nunca había visto a Molly tan contenta, planeando la visita de Lydia al colegio y esperando la primera visita del conejito a la granja.

Lydia había sido más madre para Molly en unas pocas semanas, que Macie en seis años. Y tuvo que admitir, que si le daba una oportunidad, incluso sería una esposa para él mismo.

No sabía cómo decirle que lo sentía. No sabía cómo expresarse ante una mujer como Lydia. Lo único que tenían en común lo compartían en la cama, con las luces medio apagadas. A lo mejor se podría disculpar haciendo el amor con ella. Si sexo era lo único que podían compartir, habría que utilizarlo para algo.

Wade se desnudó, destapó la cama y se echó. Extendió la mano y apagó la lámpara de la mesilla.

Lydia se quedó fuera unos segundos. Quería hablar con Wade, pero temía otro enfrentamiento.

Quería convertirse en una esposa para Wade, en todos los sentidos, si fuera posible. Estaba enamorada de él, de aquel granjero cabezota. Y lo único que pedía era que él también la amara.

Se quitó el camisón, lo puso a los pies de la cama y después se tumbó al lado de su marido. Notó que estaba excitado y que posiblemente harían el amor. Sólo de pensarlo se excitaba, pero no estaba muy segura de si podrían resolver sus problemas de aquella forma. Quería que su marido se disculpase con ella, que dijera lo siento.

En el momento en que se tumbó a su lado, él la abrazó y se pegó a ella. Ella se quedó rígida en sus brazos, intentando no responder, aunque su corazón latiera ya con fuerza.

—Te quiero —le susurró él, acariciándola.

Ella no respondió. Al ver que no respondía, él la besó. No se opuso, pero tampoco participó. A los pocos minutos se dio cuenta de que ella no respondía.

—¿Me estás castigando? —le preguntó.

Ella no pronunció una palabra, mientras trataba de no echarse a llorar.

—Eres mi mujer. Te quiero —le dijo, mientras le metía una mano entre las piernas—. Y tú me quieres, porque estás húmeda y caliente.

No podía negar que lo quería. Lo único que tenía que hacer era tocarla y ella se derretía. Pero no estaba dispuesta a admitirlo. Si quería que aquello funcionara, Wade Cameron tendría que enamorarse de ella y respetarla.

Él le chupó un pecho, acariciándole el pezón con la lengua. Ella tembló, se quejó de placer. Wade se puso encima de ella. Y cuando la penetró, ella le puso las manos en los hombros y se sujetó, mientras él la llenaba de besos.

Sus cuerpos se empezaron a mover con pasión y desesperación, cada vez más deprisa.

Lydia sofocó sus gritos de placer, poniéndole la boca en el brazo y mordiéndolo.

Cuando acabaron, permanecieron uno al lado de el otro, en silencio. Sólo se oían sus jadeos. Lydia se dio la vuelta y le dio la espalda. Cuando él le puso la mano en el hombro, ella se apartó más.

–¿Sigues enfadada conmigo, después de esto? –no podía creerse que ella no entendiera lo mucho que significaba para él haber hecho el amor con ella aquella noche.

–Esta mañana me dijiste cosas muy desagradables. Asustaste a Molly y te comportaste como un animal con Glenn.

–Si estás enfadada conmigo, ¿por qué diablos has hecho el amor? –se sentó en la cama, la agarró por el hombro y la obligó a que lo mirara.

–No me diste otra opción –le dijo, con lágrimas en los ojos.

–¿Quieres decir que te he forzado?

–No... Wade... Yo... –no pudo controlar el llanto.

Wade se levantó, agarró sus pantalones y se los puso.

–Si no quieres que te toque, sólo tienes que decírmelo –se abrochó la cremallera–. Me iré a dormir a la habitación de Britt esta noche. Y de ahora en adelante, si es lo que tú quieres. Cuando quieras hacer otra vez el amor conmigo, tendrás que suplicarme.

–Wade...

–Ya sabes donde estoy, si me quieres.

Capítulo Diez

–Gracias por llamarme, Glenn. Dile a Eloise que la iré a visitar la próxima vez que vaya por la ciudad. Adiós –Lydia volvió a poner el teléfono en su sitio.

Mientras caminaba por el vestíbulo, se iba haciendo una coleta con el pelo, y se lo sujetó con una goma que llevaba en la mano. Después se puso un sombrero de paja que había encima de la mesa de la cocina. Cuando salió, vio a su suegra, agachada entre dos filas de tomateras.

Si un año antes alguien le hubiera dicho que ella se iba a casar con Wade Cameron, embarazada de cinco meses y que iba a ayudar a Ruthie con la huerta, Lydia se habría partido de risa. Pero no era un día precisamente para echarse a reír, ya que hacía unas semanas que se había cumplido el aniversario de las muertes de Tyler y Macie. En la casa de los Cameron nadie lo había mencionado, ni siquiera Britt, que todas las mañanas iba a tomar café, mientras Wade terminaba de desayunar.

Hacía calor y Lydia miró hacia el cielo. Un cielo despejado y azul. No se podía creer que le gustara tanto aquel sitio, aquella tierra, aquella extensión de campos arados.

Durante el mes anterior, su vida había sido una rutina. Se levantaba a las cinco de la mañana, bajaba a la cocina y ayudaba a Ruthie a preparar el desayuno. Por las mañanas había utilizado el comedor como oficina. Wade le había instalado una extensión del teléfono, para que pudiera llamar a los clientes y proveedores, sin tenerse que levantar.

La actitud de Wade no había cambiado mucho, a excepción de que no ponía ninguna objeción para que trabajase. Se mostraba cordial y amable, preguntándole siempre cómo se sentía y si necesitaba algo. Pero trataba de no tocarla, y no había dormido con ella desde la noche que se mudó a la habitación de Britt. Y ella lo echaba de menos. Y no sólo por el sexo, sino por la sensación de tener alguien cerca, que la hiciera sentirse segura de sí misma.

Parecía evidente que no estaba dispuesto a tragarse su orgullo. Sabía que la única manera que había para que Wade volviera a dormir con ella, era suplicarle. Pero su propio orgullo se lo impedía. Al fin y al cabo, era él el que tenía que pedir perdón.

Cuando Lydia llegó donde estaba Ruthie, en la huerta, la anciana se levantó, y se secó el sudor de su cara.

—Pienso que estás cometiendo una equivocación manteniendo tu amistad con Glenn Haraway –dijo Ruthie–. Como Wade lo descubra, va a ponerse hecho una fiera.

—Glenn se ha disculpado por lo que ocurrió –le contestó.

—No es bueno que durmáis separados –le dijo Ruthie, mientas se frotaba la espalda–. El sexo es lo que os unió y tendréis que seguir manteniéndoos unidos hasta que surja el amor.

Lydia se sonrojó por la franqueza de su suegra.

—Nunca cambies, Ruthie. Este mundo sería mejor con gente como tú.

—¿Y por qué?

—Porque nadie mentiría. Todo el mundo diría la verdad.

—Para mentir hace falta más energía cerebral de la que yo tengo –le dijo Ruthie riéndose, pero de pronto frunció el ceño–. Tú también eres una buena mujer, Lydia. Wade todavía no se ha acostumbrado a ello. El problema es que se pasó más de seis años con una mujer que mentía todo el tiempo.

Lydia se miró el reloj y dijo:

–Ya es la hora del autobús. Me voy a buscar a Molly.

Ruthie agarró a Lydia por el brazo.

–He oído el camión de Wade. Ve y prepárale un té frío. Yo iré a por Molly. Le he prometido que nos iríamos al bosque de Aldrep para ver si ya están maduras las moras.

–El quedarnos solos él y yo no va a resolver los problemas.

–Dile que estás harta de dormir sola y a ver cómo reacciona –le dijo Ruthie, dándole un pequeño empujón–. Anda, ve y habla con tu marido.

Nada más echar los dos vasos de té frío, Lydia se dirigió hacia el vestíbulo. Antes de dar dos pasos, oyó la voz de Wade y luego la de Britt, que estaban en el salón.

–He estado hablando con Tanya, vamos a vender el trailer y nos volvemos aquí, hasta que las cosas vayan un poco mejor –dijo Britt–. Pero a ella no le gusta la idea. Dice que cuando nazca el nuevo niño, no habrá sitio para todos.

–No tienes que vender el trailer –le dijo Wade a su hermano–. Si no le pasa nada a la cosecha de soja y vendemos el ganado a un buen precio, el negocio no dará pérdidas.

–Por lo menos los gallineros se mantienen por sí mismos, pero tendremos que invertir en mejoras. La granja va cada vez más en picado.

–Ya lo sé. Y esta casa también se está cayendo a trozos –dijo Wade.

–Tu mujer quiere decorarla. Tanya me ha dicho que está dispuesta a hacer los arreglos con su propio dinero –Britt soltó una carcajada y le dio un golpe a su hermano en la espalda–. Tú y yo parece que las escogemos bien, ¿eh? Yo me he casado con una mujer que todavía está enamorada de su primer marido, y tú te has casado con una que...

–Lydia no está enamorada de Tyler Reid.

–A lo menor no, pero tampoco está enamorada de ti.

Los vasos con té tintinearon en las manos de Lydia, pero no se atrevió a moverse, para dejarlos en algún sitio. No quería que Wade o Britt supieran que ella estaba escuchando su conversación. Se dio la vuelta y ya se disponía a ir hacia la cocina, cuando Britt salió del salón.

–Hola y adiós –le dijo–. Es todo tuyo, si lo quieres –y cerró la puerta detrás de él.

Lydia se obligó a sí misma a entrar en el salón, y darle el vaso de té a Wade.

–Gracias.

–Wade... yo... yo no pude evitar oír la conversación con Britt –agarró el vaso entre las manos.

La miró, con el ceño fruncido.

–¿Quieres decirme algo?

–Que tengo dinero. Más de lo que pueda necesitar.

–¡No!

–Pero si soy tu mujer. Éste es mi hogar ahora. Y será el hogar de mi hijo –le dijo, mientras le temblaba la mano que sujetaba el vaso de té.

–No quiero tu dinero.

–Entonces dile a Ruthie que venda la tierra de Cotton Row –Lydia se sentó en el sillón.

–¿Has intentado convencer a mi madre para que lo venda?

–No le he dicho una palabra de ello. Ella me lo ha mencionado varias veces.

–No quiere vender esas tierras, para que tiren todos esos edificios –dijo Wade–. Está orgullosa de que su familia fuese propietaria una vez de todo eso.

–Lo entiendo, pero ella se da cuenta también de que os hace mucha falta el dinero.

Wade la agarró por los hombros y la empujó.

–No te metas en mis asuntos.

Era la primera vez que le ponía la mano encima en casi un mes. Tenía las manos duras y calientes. Ella sintió un escalofrío al recordar esas mismas manos en su cuerpo.

Después Wade se la acercó. Ella intentó separarse. Él le puso su frente en la de ella.

–Si tanto me quieres, ¿por qué no me has pedido que duerma otra vez contigo?

–Porque quiero más cosas de este matrimonio que sólo sexo. Quiero un compañero. Quiero amabilidad y respeto –suspiró hondo, intentando resistir la tentación de sus labios, que estaban pegados a los de ella–. Tu madre y tu hija me han hecho sentirme mejor en esta casa que tú. Han intentado que fuera un componente más de la familia.

–Lo que pasa es que quieres que las cosas se hagan como tú quieres.

–Quiero compartir mi vida contigo, Wade.

Cuando él la abrazó y la acercó a su cuerpo, notó que estaba excitado.

–Comparte tu cuerpo conmigo –le dijo.

–Déjame, por favor –le dijo, con lágrimas en los ojos.

Él la soltó inmediatamente.

–Sabes que me vuelves loco. Sabes que te quiero con locura.

Ella se levantó y salió del salón. Cuando llegó al vestíbulo tropezó con la alfombra. Viendo que perdía el equilibrio, intentó agarrarse a algo, para no caerse.

Wade vio lo que estaba pasando y salió corriendo, pero no llegó a tiempo para evitar la caída. Cuando cayó al suelo, Lydia se puso la mano en la tripa.

Wade se puso de rodillas al lado de ella, y agarró su cabeza con sus grandes manos.

–Oh, Dios mío, Lydia, lo siento. ¿Te has hecho daño?

–No, estoy bien –le dijo, acariciándole la mejilla–. Cuando tropecé, el niño ha dado una patada.

–¿No te has hecho daño? ¿Has gritado sólo porque el niño te ha dado una patada? –le preguntó.

–Más que una patada, un patadón.

–¿Estás segura de que estás bien? –la levantó en brazos, mientras le acariciaba la cintura y las caderas–. No llores, por favor. No llores.

–Te he echado tanto de menos –le dijo ella, acariciándole la espalda.

–Y yo también –le contestó él, mientras la llenaba de besos y acariciaba los hombros, los brazos y los pechos.

–Quiero verte –le dijo él, mientras le desabrochaba los botones–. Necesito verte.

–He engordado mucho.

Wade le desabrochó todo el vestido y se lo quitó.

–Mi hijo está creciendo dentro de ti. ¿Sabes cómo me siento? –le puso la mano en la espalda y le desabrochó el sujetador.

–¿Cómo? –le preguntó, con voz temblorosa.

–Tienes los pechos más grandes –le quitó el sujetador. Se quedó completamente desnuda–. Te quiero. Quiero abrazarte, amarte y protegerte.

Cuando ella empezó a desabrocharle la camisa, le sujetó su mano y se la quitó él mismo. Después le puso una mano en la tripa.

–Se está moviendo.

–Tu hijo es bastante inquieto –Lydia se preguntó cuánto tiempo iba a poderse mantener de pie, porque sus rodillas parecían mantequilla.

Wade la tomó en brazos y la llevó escaleras arriba. Cuando entraron en su habitación, la dejó en la cama, y se echó a su lado. Ella le acarició la cara, mientras que él le besaba los dedos uno a uno.

–Oh, Wade.

–¿Crees que puedo hacerte daño a ti o al niño, si hacemos el amor?

–Según todos los libros que he estado leyendo, se puede hacer el amor casi hasta el final. Incluso hay algunos que piensan que así nacen los hijos más fuertes y más sanos.

Los dos se echaron a reír, mirándose a los ojos, llenos de felicidad.

Wade se inclinó sobre ella y apoyó la cabeza en su tripa.

–Mi hijo.

De pronto la tripa de Lydia se movió. Ella sabía lo que estaba pasando, pero no estaba segura de que él se hubiera dado cuenta.

–¿Lydia?

–Sí.

–¿Ha dado una patada?

–Sí.

Le besó la tripa otra vez, luego se levantó y la abrazó. Le dio un beso en la boca y le metió la lengua, para saborear su dulzura. Luego empezó a acariciarle el cuerpo, metiéndole una mano entre las piernas. Ella arqueó su cuerpo de placer.

–Estás húmeda. Increíblemente húmeda –y donde tenía la mano puso su boca y se lo acarició con la lengua.

–Wade... por favor... No puedo aguantarlo.

–No me pidas que pare. Quiero amarte. Necesito amarte –Wade se sentía culpable por haber sido tan orgulloso y haberla privado de aquellos placeres. Ésa era la única manera que tenía de pedirle disculpas por su comportamiento.

–Wade... –fue lo último coherente que ella pudo decir.

Él siguió masturbándola hasta que alcanzó el orgasmo.

–Lydia, eres muy especial para mí –le dijo, apoyando su cabeza en su tripa. Poco a poco fue subiendo la cabeza hacia sus pechos, y le acarició uno de sus rígidos pezones.

–Oh... –ella sintió renovados deseos por dentro. Aunque le había dado un placer inmenso quería que la hiciera el amor de forma más completa.

Wade la abrazó y la apretó contra él. La empezó a besar y encontró sus labios suaves, dulces y complacientes. Cuando ella se levantó y lo abrazó, él la puso otra vez en la cama y le exploró el cuerpo con sus manos.

–¿Has leído por casualidad cuál es la mejor posición cuando estás embarazada de cinco meses? –preguntó él.

–Creo que si te quitas los pantalones, te pudo proponer una –le dijo ella sonriendo.

–No creo que pueda hacerlo sin ayuda –le contestó él, guiando su mano hacia la cremallera.

Lydia le pasó la mano arriba y abajo. Él gimió de placer y le agarró la mano.

–Eres una bruja y me vuelves loco.

–Si soy una bruja, lo mejor es que tengas cuidado, porque podría hechizarte ahora mismo.

–Ya me hechizaste hace bastante tiempo. La primera vez que te vi. La primera vez que me fijé en esos ojos verdes.

–Sé cómo te sientes –le contestó ella, mientras le acariciaba su miembro.

–Lydia... –le advirtió.

–¿Hmmm?

–Me quitaré los pantalones si dejas de atormentarme.

Ella se pegó a él, el olor de su masculinidad la incitaba a hacer cosas más atrevidas. Le desabrochó la cremallera, le metió la mano y le empezó a acariciar el bulto que había debajo de sus calzoncillos de algodón.

–¡Lydia! –Wade puso su mano en la de ella.

–Por favor, Wade, enséñame a darte el placer que tú me acabas de dar –le dijo, con voz tímida y seductora.

–¿Estás segura?

–Sí, por favor.

Wade le agarró la mano y le enseñó a masturbarle.

Cuando, horas más tarde, Lydia despertó, Wade todavía estaba a su lado, apoyado sobre su codo, observándola. Ella le sonrió.

–¿Qué hora es? –preguntó.

–Son casi las cuatro y media,

Lydia saltó de la cama.

–Dios mío. Molly... Molly tiene que...

Wade la agarró del brazo y la hizo tumbarse otra vez en la cama.

–Mi madre ha ido a buscarla al autobús. Ya ha merendado y está ayudando en la huerta.

–¿Ya has estado abajo? ¿Has hablado con Ruthie?

–Cuando te quedaste dormida, bajé a subir la ropa que habíamos dejado en el salón –le dijo sonriendo, mientras le pasaba un dedo por el cuello–. Mi madre estaba allí.

–Oh, no –Lydia se tapó la cara con las manos–. ¿Y qué dijo?

–Pues que había ido a recoger a Molly al autobús y que la había llevado al bosque Aldrep, para ver si estaban maduras las moras. Ahora está entretenida en la huerta –mientras hablaba, le acariciaba el pecho–. Lo cual significa, señora Cameron, que todavía nos queda más o menos una hora.

–No puedo creerme que Britt no haya venido todavía a reclamar tu presencia en los gallineros.

–Ha venido. Pero mi madre le ha dicho que se fuera a casa, a estar un rato con su mujer.

–Entonces si sólo tenemos una hora, lo mejor será empezar cuanto antes –le dijo, tirando de su cabeza hacia ella.

–Parece que me has echado de menos, ¿no?

–Quiero que volvamos a dormir juntos. Quiero que me abraces y me beses y hagas el amor conmigo cada noche. Y si quieres que te lo pida de rodillas, lo haré.

–Yo soy el que tendría que ponerme de rodillas.

–Hazme el amor, Wade. Por favor.

Wade se quitó los pantalones y los calzoncillos, los tiró al suelo y se echó al lado de Lydia.

–Quiero darte todo el placer del mundo.

Se metió dentro de ella. Ella inclinó su cuerpo, balanceando sus pechos frente a su cara, como si fuera fruta tentadora. Él la dejó imprimir el ritmo, al principio lento y suave, para poco a poco ir aumentando en una sincronía perfecta.

Wade le chupó los pechos con la lengua, mientras le acariciaba las caderas y le susurraba palabras de amor.

Ella empezó a aumentar el ritmo de sus movimientos hasta que no los pudo controlar por más tiempo. Cuando la oyó gemir de placer, él empujó fuerte dentro de ella varias veces, en rápida sucesión. De pronto su cuerpo se estremeció, y ambos se perdieron en una oleada de placer casi insoportable.

–Te amo –susurró Lydia, dejando descansar su cuerpo sobre el de Wade.

Él le apartó los mechones de la cara y le besó la frente. No sabía si ella había querido decir lo que había dicho, o lo había dicho sólo porque acababan de hacer el amor. Pero no le importó, valoró tanto aquellas palabras, como valoraba a Lydia.

–Vamos a ser muy felices –le dijo–. Te lo prometo.

Capítulo Once

Lydia colocó siete velas en la enorme tarta rosa de cumpleaños, mientras que Tanya llenaba los vasos con limonada.

–Mejor nos damos prisa, para no dejar sola a Ruthie con los niños ahí fuera, o acabarán todos trabajando en la huerta –Lydia se metió una caja de cerillas en el bolsillo, y luego levantó del mostrador el plato con la tarta y un cuchillo.

Tanya se echó a reír. Durante todo el día se había mostrado muy triste.

–¿Te ocurre algo? –le preguntó Lydia, confiando en que su cuñada no la considerara una entrometida–. No quiero meterme donde no me llaman, pero si quieres llorar, aquí tienes mi hombro....

–Voy a dejar a Britt –las palabras le salieron como un torrente de su boca.

–¿Qué? –Lydia volvió a poner el plato y el cuchillo en el mostrador.

–Iba a decírtelo después de la fiesta. No quiero estropearos el día ni a ti, ni a Molly. La niña nunca ha tenido una fiesta de cumpleaños como ésta. Ni tampoco ha tenido una madre que le leyera cuentos por la noche...

––Anda, dime lo que te pasa –le dijo Lydia, poniéndole el brazo por el hombro. Desde que se había convertido en un componente de la familia Cameron, Lydia se había encariñado mucho con su cuñada.

Tanya se abrazó a Lydia y empezó a llorar.

–To... todavía no se lo he dicho a Britt. Tratará de

convencerme de que no lo haga. Siempre dice que podemos solucionar las cosas. Pero eso es imposible.

–¿Estás segura? –le preguntó Lydia.

–Lo hemos intentado durante más de dos años.

–La verdad es que yo no te puedo aconsejar nada. Mi primer marido no sabía el significado de la palabra fidelidad. Y Wade... bueno, Wade se casó conmigo por el niño.

–Pero tú lo amas, ¿no es verdad?

–Sí. Sé que no tiene ningún sentido. No tenemos nada que ver el uno con el otro. Y él no me ama a mí. Creo que tiene miedo de confiar en otra mujer, después de lo que le pasó con Macie –Lydia sacó una toallita de papel y se la ofreció a Tanya.

–Gracias.

–¿Se lo has dicho a Ruthie?

–No, pero no creo que le pille por sorpresa. Ella trató de convencernos para que no nos casáramos. Nos dijo que yo no estaba preparada. Y tenía razón. Yo todavía estaba enamorada de Paul cuando me casé con Britt. Pero Britt me dijo que siempre me había amado y que si... si...

–No tienes que explicarme nada.

–Después de la muerte de Paul, traté de suicidarme. A los tres meses de su muerte. ¿Sabes? Britt iba conduciendo el coche y se sintió culpable.

–Wade me dijo que Britt estuvo en el hospital más de dos meses.

–No le digas nada a Wade, ni a Ruthie, por favor. Sólo te lo he dicho para que Wade pueda ayudar a Britt, después de que me haya ido.

–¿Puedo ayudarte en algo?

–No.

Lydia dudó unos segundos, antes de levantar el plato con la tarta otra vez. Durante las últimas dos semanas había empezado a pensar que su matrimonio iba a funcionar bien.

Había empezado a sentirse muy unida a Wade, a

confiar en él a depender de él. Incluso le había contado lo de las llamadas. Él lo había notificado a la policía inmediatamente, había cambiado el número de teléfono y desde ese momento, cada vez que estaba en casa respondía él. Desde entonces no habían vuelto a llamar.

Intentó incluso contarle a Wade que seguía visitando a Glenn y a Eloise cuando iba a la ciudad, pero se ponía furioso al oír sólo el nombre de Glenn, por lo que prefirió no contárselo. Estaba claro que a Wade le costaba trabajo confiar en ella. Y no confiaba en ella porque no la amaba.

Había pensado en la posibilidad de irse a vivir a la ciudad para darle a Wade la posibilidad de decidir si quería pasar el resto de su vida casado con una mujer que no amaba. Pero pensar en estar separada de él, aunque sólo fuera unos días, la angustiaba. Tampoco le apetecía dejar a Molly. Se había encariñado mucho con aquella niña.

Y luego estaba Ruthie, una mujer de pueblo, ignorante, pero con el corazón tan grande como el universo. Si le dijera que se iba a ir de la granja, seguro que la ataba al primer poste que viera.

Lydia sacó la tarta fuera. Molly y una docena de niñas, y algunos niños, acudieron corriendo hacia ella, formando un círculo en torno a la mesa donde Lydia colocó la tarta.

–Wow, Molly –le dijo un niño pelirrojo–. Es la tarta más grande que he visto en mi vida. ¿La ha hecho tu nueva madre?

–La ha comprado en una pastelería de la ciudad –contestó Molly muy orgullosa, sonriendo a todos los niños–. Y además me ha dado esto –les enseñó el candadito de oro que colgaba de una cadena de oro que llevaba al cuello–. Me ha dicho que cada año me comprará un colgante nuevo, para que cuando sea mayor tenga tantas joyas como tiene ella

–Molly agarró la muñeca que tenía al lado–. Y además me ha regalado esta muñeca, para la colección.

Lydia encendió las velas y les dijo a los niños que formaran un círculo. A continuación cantaron el cumpleaños feliz. Molly apagó las velas y Tanya ayudó a Lydia a servir los refrescos, mientras Molly abría los regalos.

–Me tengo que ir –le susurró Tanya a Lydia. A continuación se fue hacia donde Ruthie estaba, debajo de un inmenso roble–. Me voy a casa –le dijo a su suegra, y se marchó, antes de que Ruthie pudiera responderle.

Cuando Lydia se sentó en el balancín, al lado de Ruthie, ella hizo un gesto con la cabeza, indicando el coche de Tanya.

–Es bastante infeliz. No es mujer para Britt, pero él cree que la ama.

–¿Tú crees que yo no soy la mujer que tiene que estar con Wade?

–Yo creo que conocerte a ti es lo mejor que le ha podido pasar a Wade en su vida. Y para Molly también.

–Pero yo no soy una campesina. No sé cocinar. Odio los pollos. Y soy una esposa que trabaja y voy a convertirme en una madre trabajadora a media jornada.

–Mmmm.... Pero quieres a mi hijo, y también a su hija, y cuando Wade se dé cuenta de que te ama, todos vamos a ser una familia muy feliz.

–¿Tú crees que Wade me ama?

–¿Cómo va la fiesta? –preguntó Wade, colocándose detrás de su mujer y su madre.

Lydia se sobresaltó, luego se volvió y sonrió, preguntándose si habría oído la conversación entre ellas.

–Ya está terminando. ¿Por qué no vas a ver lo que le han regalado a tu hija, mientras yo te traigo un poco de pastel y limonada?

–Tú siéntate y descansa. Ya me serviré yo el pastel y la limonada.

Lydia pensó que su marido tenía un aspecto maravilloso, a pesar de que los vaqueros estaban desteñidos y la camisa rota y llena de sudor.

Lo observó, mientras estaba con su hija. La forma en que la miraba, la tocaba y le sonreía. Lydia se preguntó si iba a querer a su hijo tanto como a Molly. Sí. Claro que sí. Wade Cameron era un hombre cariñoso.

Ojalá la amara.

Wade estaba sentado en el sofá, hojeando el último número de la revista *La vida en un rancho*. Había un artículo muy interesante sobre la cría de gallinas, pero no pudo concentrarse en el tema. En lo único que podía pensar era en Lydia, en llevarla a la cama y hacer el amor con ella. Ruthie y Molly ya se habían ido a la cama hacía más de veinte minutos. Eran ya las nueve y media y Lydia estaba haciendo punto.

De pronto sintió unos deseos inmensos de sacarla de aquella silla, arrastrarla hasta el sofá y abrazarla muy fuerte. Porque por las tardes, cuando pasaban una hora con Ruthie y Molly, Lydia nunca se sentaba a su lado en el sofá. Le gustaba sentarse en la mecedora de madera que había pertenecido a su abuela, y se sentaba allí todas las noches a tejer, o a coser. A veces veía la televisión con Molly o hablaba con Ruthie sobre la huerta, o sobre los cambios que estaba dispuesta a hacer en la casa. Pero la conversación entre ellos dos no era fluida, y había que forzarla a veces.

Aunque la vida que llevaba con Lydia era mucho mejor que la vida que había llevado con Macie, él no quería que las cosas siguieran así. Quería más. Quería un matrimonio de verdad.

Lydia le había declarado que lo amaba, pero se lo había dicho en momentos de pasión, nunca a la luz del día. No estaba seguro lo que sentía de verdad por él. Y estaba en un mar de dudas en cuanto a sus propios sentimientos. ¿Amaba a Lydia? ¿Desear a una mujer hasta el punto de volverse loco, podía denominarse amor? ¿Querer ver su cara lo primero por la mañana, era amor? ¿Pensar en ella constantemente, recordar su olor, su sabor, era amor?

–Quiero agradecerte el haber organizado una fiesta para Molly –dejó la revista encima de la mesa y miró a su esposa.

–A mí me gustó tanto como a Molly. Cuando yo era pequeña, siempre celebraba mis cumpleaños. Y quiero que Molly tenga un buen recuerdo de su infancia.

–Mi madre siempre nos hacía una tarta o una empanada, pero nunca nos organizaba una fiesta –Wade se inclinó hacia la mecedora de Lydia. Observó la tela que tenía en las manos, con un diseño de una niña y un perro–. ¿Es para Molly?

–Te agradezco que me hayas dejado volver a decorar su habitación –Lydia le enseñó el trabajo que estaba haciendo–. Está tan contenta. La estamos pintando en distintos tonos de rosa. Es su color favorito.

–Yo también te agradezco que no me hicieras caso cuando te dije que no intentaras ser su madre –Wade no quería ni acordarse de algunas de las cosas que le había dicho en el pasado a Lydia. ella siempre se había mostrado amable y comprensiva. Más comprensiva de lo que merecía. La había sacado de su confortable mundo y se la había llevado a vivir en una granja medio en ruinas, con un marido que no tenía dinero y que era incapaz de decirle que la amaba.

–Ruthie y yo hemos pensado reformar un poco la cocina, antes de que yo vaya a las clases de parto –Lydia observó su reacción, sabiendo lo reacio que él se mostraba a que ella gastase su dinero en reparar la casa.

144

–Lydia, en cuanto a las reparaciones... Sé que odias vivir en una casa como esta, pero...

–Me encanta esta casa. Tiene mucho carácter.

Antes de que pudieran acabar de decir la frase, oyeron el motor de un camión y el sonido de una puerta al cerrarse. Los perros empezaron a ladrar, al poco se callaron. De pronto la puerta se abrió de par en par. Britt entró como una fiera en el salón.

–¡Tanya me ha dejado! Fui a tomar una cerveza a Hooligan. Sólo una cerveza. No estaba borracho –Britt sacó una nota del bolsillo del pantalón–. Me ha dejado una nota –se la entregó a Wade.

–¿Cuándo se ha ido? –preguntó Wade.

–Nos peleamos y yo me fui. Peleamos por lo de siempre y yo no quería oír más. Pensé que lo mejor era darle tiempo para que se enfriaran las cosas, así que me fui al bar a tomarme una cerveza.

Wade leyó lo que Tanya había escrito en la nota, se levantó y la arrugó en su mano.

–¿Se ha ido con el reverendo Charles?

–¿Qué? –Lydia se quedó boquiabierta.

–Sí –Britt se pasó las manos por la cara–. Me deja y se va con un predicador.

–Dios mío –Lydia se sintió traicionada por su cuñada. Tanya le había dicho que iba a dejar a Britt, pero nunca había mencionado a otro hombre.

–He ido a la ciudad. Ya se han ido los dos. El coche de él no estaba y la casa estaba a oscuras –Britt pegó una patada a la mesa de café y tiró una pila de revistas al suelo–. Como les ponga las manos encima, les voy a matar.

–No digas eso –dijo Wade–. Lo dices ahora porque estás enfadado. Cuando yo pillé a Macie en el granero con Donnie Finch, quise matarlos. Pero no lo hice. Ninguno de los dos merecía la pena.

–Parece que los hermanos Cameron no saben elegir bien las mujeres. Macie era una puta, y ahora Tanya, esa chica tan dulce que he amado toda mi vida, se va con un predicador –la risa agónica de Britt retumbó en toda la casa, mientras se apoyaba en la pared y empezaba a golpearla con los puños.

–¿Qué está pasando ahí abajo? –preguntó Ruthie entrando en el salón–. ¿Britt?

–Tanya le ha dejado –Lydia se levantó y se puso al lado de Ruthie–. Se ha ido con el reverendo Charles. Le ha dejado a Britt una nota.

–Ya sabía yo que algo parecido iba a pasar. Pero no es el fin del mundo, hijo. No te preocupes, ya encontrarás una mujer.

–Igual que mi hermano, ¿no? –Britt miró a Lydia–. Está embarazada, pero si yo fuera Wade me preguntaría si yo soy el padre. Yo creo que es de Haraway. Parece que ella no puede dejar de verlo.

Lydia miró a Wade y vio la sombra de la duda en sus ojos.

–¿De qué diablos está hablando? –le preguntó Wade a ella.

–Estoy hablando de que cada vez que va a la ciudad, siempre va a ver a Haraway. Y algunas veces se queda horas.

–¡Calla la boca, Britt Cameron! –Ruthie se acercó y le pegó una bofetada a su hijo–. Lydia va a visitar a Eloise Haraway. No hay nada entre ella y Glenn.

–Si tú crees eso –le dijo Britt, mirando a su hermano, mientras se frotaba la mejilla–, es que eres más tonto que yo.

–Ya está bien, ven conmigo –Ruthie agarró a Britt y lo sacó de la casa.

Lydia se volvió y miró a Wade.

–Yo... yo he tratado de decírtelo varias veces, que iba a visitar a Eloise y a Glenn, pero tú... tú...

–Has estado viendo a Haraway a mis espaldas.

–Eso no es cierto, yo...

–Yo no voy a vivir con una mujer en la que no confío. Desde que apareciste has revolucionado completamente mi vida. Has conseguido que mi hija te quiera. Te has ganado el respeto de mi madre y me has estado mintiendo todo el tiempo...

–¡No sigas! –gritó Lydia, tapándose los oídos con las manos–. Estás enfadado por lo de Britt y Tanya. Estás recordando todos los años que pasaste con Macie. Me estás juzgando por lo que ha hecho otra mujer.

–Todas sois parecidas. Todas. Dulces y cariñosas. Volvéis locos a los hombres, hacéis que os quieran, y luego nos claváis una puñalada en el estómago.

–No digas eso, por favor. Mañana te arrepentirás de ello.

–De lo que me arrepiento es de haberme casado contigo. Pero estás embarazada y no puedo dejarte.

–Yo te amo, Wade Cameron. No quería enamorarme de ti, pero me he enamorado. Quiero que nuestro matrimonio funcione, pero no me voy a quedar aquí a soportar todos estos insultos.

Cuando Lydia se dio la vuelta y salió al vestíbulo, él le dijo:

–¿Dónde crees que vas?

–Me voy arriba, a hacer las maletas y luego me voy a la ciudad. Me quedaré en mi casa unos días, hasta que entres en razón. Hasta el momento en que me puedas decir que confías en mí, que harás todo lo posible para que lo nuestro funcione.

–Si crees por un momento que yo...

–Además, si vienes, quiero que me digas que me amas –y con eso, Lydia se fue escaleras arriba.

Wade la siguió hasta el vestíbulo y la vio meterse en su habitación. En aquel momento Ruthie entró en la casa.

–Mientras estaba intentando calmar a Britt, oí que Lydia y tú os estabais peleando. No la dejes marcharse. Dile lo que ella quiere oír.

–Nunca.

–Te arrepentirás.

Wade dirigió a su madre una mirada asesina, a

continuación se dio la vuelta y salió al porche, donde encontró a su hermano, sentado en los escalones. Se sentó a su lado.

–Vamos a Hooligan a emborracharnos –le dijo Wade, echándole un brazo al hombro.

Y los dos hombres se metieron en el camión y se fueron al bar.

Capítulo Doce

Lydia estaba paseando por su estudio, esperando a Ruthie Cameron. Su suegra la había llamado hacía veinte minutos y le dijo que iba a ir a verla. Lydia no había que le iba a decir a Ruthie.

Hacía dos días que se había ido de la granja, menos de cuarenta y ocho horas. Ruthie la había llamado dos veces el día anterior; Molly cinco. Le dijo a su hijastra que se iba a quedar en la ciudad sólo una temporada, pero cuando Molly le preguntó qué día exacto iba a volver, Lydia no supo qué contestarle. Finalmente, le sugirió que ya que era finales de junio y Molly no tenía colegio, le podía pedir a su padre que la dejara ir a la ciudad y quedarse allí unos días. Molly la llamó otra vez y le dijo que su padre se lo estaba pensando.

Lydia sabía que estaba corriendo un gran riesgo al darle a Wade un ultimátum. Su marido era un hombre muy orgulloso. Iba a costarle mucho ir a buscarla. Incluso cabía la posibilidad de que no fuera.

Pero si él no la amaba, si no confiaba en ella, su matrimonio estaba destinado al fracaso, y era mejor averiguarlo antes de que ella se enamorase incluso más de él, antes de asumir más responsabilidades con respecto a Molly, antes de no poder separarse de Ruthie y olvidarse de aquella maravillosa y decrépita granja.

Eloise y Glenn se habían mostrado muy contentos de verla regresar a la ciudad. Glenn había elegido sus palabras con mucho cuidado, para no insultar a

Wade, diciéndole que la ayudaría en cualquier decisión que tomase con respecto a su futuro.

Lydia se sobresaltó, cuando oyó que alguien llamaba a la puerta. Se volvió y vio a Ruthie, sonriendo y saludándola con la mano. Lydia se fue corriendo a abrir la puerta que daba al patio.

Ruthie la abrazó y se limpió las lágrimas de los ojos.

—Quiero que me acompañes a dar una vuelta.

—No voy a ir a la granja, hasta que Wade venga a buscarme.

—Quiero que me lleves a Cotton Row. Wade va a ir después allí —Ruthie miró el estudio—. Podrías arreglar la casa para que fuese tan bonita como este sitio.

—¿Que Wade va a ir después allí?

—Él no sabe que tú vas a ir.

Lydia movió la cabeza.

—No puedes obligarlo a que me ame y confíe en mí, Ruthie.

—Él te ama. Lo que pasa es que tiene miedo de admitirlo. Los dos hijos que tengo son unos cabezones.

—¿Qué tal Britt?

—Sobrevivirá. Pero, ojalá dejara de decir que va a matar a Tanya. Pero se le pasará.

—¿Sabes algo de Tanya?

—No. Ni creo que oiga nada de ella. Supongo que le da vergüenza hablar conmigo, y decirme que se ha ido con un predicador. Siempre dijo que era demasiado joven y guapo para ser un cura. Y además soltero —Ruthie agarró a Lydia del brazo—. Ve a por el bolso y las llaves del coche, que nos vamos.

Discutir con Ruthie Cameron era inútil, así que en diez minutos Lydia aparcó su BMW frente a los edificios de Cotton Row.

Ruthie abrió la puerta, caminó hacia uno de los edificios, que había sido una destilería y luego miró a Lydia.

—Cuando yo era niña, todavía funcionaba esta destilería. Mis padres construyeron este edificio.

Lydia miró lo que quedaba de Cotton Row, que hacía cien años había sido el centro de actividad de Riverton.

—Ya sé que te gustaría que estos edificios fueran restaurados, pero dudo mucho que alguien quiera hacerlo.

—Glenn Haraway ha hecho todo lo posible para que vendiera mis propiedades, incluso me ha amenazado —Ruthie miró a su nuera.

—¿Que te ha amenazado? ¿Glenn?

—No es el hombre que tú crees que es. Es como su padre. El viejo Wallace Haraway era un político malvado. Era juez, cuando murió. Si tenías dinero, podrías matar a quien quisieras en Riverton, que no te pasaba nada.

—¿Qué intentas decirme?

—Te estoy diciendo que no te fíes de Glenn Haraway. Es un hombre que utiliza todo lo que tiene a su mano para conseguir lo que quiere. Quiere esta propiedad y te quiere a ti.

—Eso no me lo creo...

—Pues yo creo que el que estaba detrás de esas misteriosas llamadas era él. Quien quiera que fuese, nunca cumplía sus amenazas. No quería hacerte daño, sólo pretendía asustarte.

Lydia no se quiso creer las acusaciones de Ruthie, pero tuvo que admitir que aquel razonamiento era perfecto.

—¿Y Wade está de acuerdo contigo? ¿Piensa que Glenn es la persona que está detrás de las llamadas de teléfono?

—Sí. Ésa es una de las razones por las que quería que no te acercaras a Haraway.

Lydia respiró hondo, y olió a quemado.

—¿No te huele a algo quemado, Ruthie?

—¡Dios mío, la destilería se está quemando! ¡Mira!

Lydia dirigió la mirada al viejo edificio. El humo salía por la ventana. De pronto un hombre pequeño salió corriendo por una de las puertas laterales y se quedó blanco cuando vio a Ruthie y Lydia.

—¿Quién es ese hombre? —Ruthie dio unos pasos en dirección al hombre.

—Ruthie espera. Podría ser un pirómano.

De pronto el hombre sacó un arma que llevaba escondida entre el cinturón y su cuerpo. Se acercó a ellas y les dijo:

—Vosotras dos, quedaos donde estáis.

Lydia se puso muy nerviosa y le empezó a latir con fuerza el corazón. Cuando su suegra hizo un intento de abalanzarse sobre el hombre, la agarró del brazo y tiró de ella.

—Eso está bien, que hagas entrar en razón a la vieja —dijo el hombre—. Y ahora, fuera de aquí.

—¿Dónde nos lleva? —preguntó Ruthie.

—Empezad a andar hacia la destilería —les dijo, poniendo la pistola en la espalda de Lydia—. Si no hacéis lo que os digo, os pego un tiro ahora mismo.

—Haz lo que dice, Ruthie.

Cuando llegaron al edificio, el hombre abrió la puerta lateral y les ordenó:

—Y ahora, dentro.

—¿Pero cómo vamos a entrar? —dijo Lydia—. Si nos obliga a entrar, esto será un asesinato.

—Habéis visto mi cara. No puedo dejar que llaméis a la policía. Si no, el señor Hara... —le dio a Ruthie un empujón—. Y ahora tú —puso la mano en la espalda de Lydia.

—Es posible que alguien le haya pagado para que prenda fuego a este sitio, pero no querrá cometer un asesinato, ¿verdad? Déjenos ir y le prometo que le conseguiré el mejor abogado del estado. La persona culpable de todo esto es la que le ha contratado —le dijo Lydia.

—Lo siento mucho. Yo no quiero matar a nadie, pero mi vida no vale nada si...

—Glenn Haraway no tiene agallas suficientes para

matar a nadie él mismo –gritó Ruthie, desde dentro de la destilería, tosiendo varias veces–. Contrata a la gente, para que le hagan el trabajo sucio.

–¡Silencio! –empujó a Lydia, para que entrara en el edificio, luego cerró la puerta con llave.

Ruthie estaba de rodillas, agarró a Lydia, para que se pusiera de rodillas también.

–El humo está subiendo. Si podemos arrastrarnos hasta la otra puerta de atrás, todavía podemos salvarnos.

–Lydia obedeció y las dos mujeres se fueron arrastrando por el suelo de madera.

–Glenn ha sido el que ha contratado a ese hombre para que prenda fuego a todo esto –Lydia no podía dejar de pensar en lo estúpida que había sido, confiando en Glenn.

–Ahora no es el momento de arrepentirse de nada. Lo primero que tenemos que hacer es salir cuanto antes de aquí. Luego ya nos ocuparemos de arreglarle las cuentas a Haraway.

Cuando Wade vio el humo a lo lejos, supo inmediatamente que la destilería estaba ardiendo. Dejó el camión en medio de la calle, en frente del edificio, salió del camión y corrió hacia el coche de Lydia. Por el rabillo del ojo vio a un hombre cerrar la puerta lateral con llave. Wade empezó a pensar. ¿Donde estaría su madre? ¿Qué estaba haciendo el coche de Lydia allí? ¿Dónde estaba? Por puro instinto se fue otra vez al coche, sacó una escopeta que tenía debajo del asiento y se fue hacia el hombre que se alejaba corriendo de la destilería. Wade apuntó y disparó. El disparo dio en los pies del pirómano. Se quedó quiero y miró a Wade.

–¿Dónde están mi mujer y mi madre? –le preguntó Wade.

–No sé de lo que me estás hablando –el hombre dio unos pasos.

Wade apunto el arma y disparó de nuevo.

–No te lo voy a preguntar dos veces.

–Yo no quería hacerles nada, pero me vieron prender este edificio. La vieja incluso sabía quién me contrató.

Wade apunto con el arma de nuevo.

–Las encerré en el edificio.

Wade corrió hacia él, le agarró la pistola que tenía en la mano izquierda, y le pegó un puñetazo en la cara. Cayó de espaldas. Wade le movió el cuerpo con la punta de la bota, para ver si estaba inconsciente. Lo estaba.

En lo único que podía pensar era en las dos mujeres que amaba más que nada en este mundo. En su madre y en su mujer. Dejó caer el arma al suelo. Con dedos temblorosos, trató de abrir la puerta, y en el momento en que la abrió, entró corriendo. El olor a madera quemada, el humo sofocante y la oscuridad le invadió en el momento en que entró.

–¡Lydia! ¡Madre!

–¡Es Wade! –gritó Ruthie.

Cuando oyó la voz de su madre, dio gracias a Dios.

–¿Dónde estáis? Tengo la puerta abierta. ¿Podéis venir por aquí?

A los pocos segundos vio a Lydia y a su madre que se dirigían hacia él.

–Sácala de aquí. El humo no es nada bueno para mi nieto.

Wade sacó a Lydia fuera. Cuando vio que Ruthie salía detrás de él, le sonrió.

–Lleva a Lydia al hospital, rápido –dijo Ruthie–. Y llama a la policía y los bomberos.

Lydia se agarró a Wade, como si en ello le fuera la vida.

–Oh Wade, estaba tan asustada. Si algo le pasa al

154

niño por todo esto, te juro que mato a Glenn Haraway.

–Yo lo haré por ti –Wade la acarició–. Si te hubiera pasado algo...

–Pero no me ha pasado nada.

–Te quiero Lydia. Te amo –la besó, con todo su corazón.

–Britt nos va a llevar a Molly y a mi a casa –Dijo Ruthie saliendo de la habitación del hospital–. Lo tendremos todo preparado cuando vayáis a la granja mañana.

–Britt tienes que encargarte de la granja. Somos una familia, y nos tenemos que ayudar los unos a los otros. Mamá, Molly y Lydia dependen de ti –Wade se sentó en la cama, al lado de su mujer y le dio la mano.

–Te amo, Lydia.

–Y yo también –le contestó, aprentándole la mano.

–Gracias a Dios que tú y el niño estáis bien.

–No sé para qué me tengo que quedar aquí esta noche si...

–Shh... El médico ha dicho que te tenías que quedar como medida de precaución.

–Pues no vas a estar muy cómodo durmiendo en el suelo.

–Si crees que me voy a apartar de ti un sólo minuto esta noche, estás loca –Wade la abrazó, y le dio un beso en la boca. El beso duró más de lo normal. Al cabo del rato Wade levantó la cabeza.

–Te amo. Quiero estar a tu lado el resto de mi vida y hacerte la mujer más feliz del mundo.

–Lo siento –suspiró ella–. No sabía cómo era Glenn Haraway. Pobre Eloise.

–Yo no quiero hablar de Haraway. La policía se está encargando de él, y no tenéis que temer nada cuando testifiquéis en el juicio. Landers le ha dicho a Britt que Haraway confesó todo. Pensó que quemando el edificio, podía convencer a mi madre para venderlo.

–Glenn ha sido igual de ambicioso que Tyler.

–Parece que no es la primera vez que Haraway ha utilizado los servicios de ese hombre. Ha confesado que Haraway también le pagó para que hiciera unas llamadas a cierta mujer.

–Nunca hubiera pensado eso de Glenn –dijo Lydia sorprendida.

–Tú no lo conoces.

–Me da vergüenza admitirlo, pero en un momento pensé que podía ser Britt el que estuviera haciendo las llamadas. Porque parece que me odia.

–No te odia. Lo que pasa es que está dolido y más después de que le haya dejado Tanya.

–No parece que tú y yo nos libremos de todo esto, porque vamos a ser la comidilla de la ciudad otra vez. Tú, yo, Glenn, el fuego, Britt, Tanya y el predicador. ¿Crees que alguna vez conseguiremos ser una pareja normal y corriente? Yo lo único que quiero es irme a la granja y ser tu mujer y la madre de Molly.

Wade le acarició el cuello con los dedos.

–No sabes lo mucho que estoy deseando hacer el amor contigo, señora Cameron. Dos noches sin ti y me siento fatal.

–¿Has hecho alguna vez el amor en una cama de hospital? –le dijo, poniéndole la mano en el estómago y bajándola poco a poco hacia la cremallera de sus vaqueros.

–Sabes que si nos pillan, se van a enterar en cien kilómetros a la redonda.

Ella le desabrochó los vaqueros, le metió la mano dentro y le empezó a acariciar.

–Merecería la pena –le acercó los labios y le empezó a besar–. Además, ya me he acostumbrado a ser el tema de conversación de la ciudad.

Epílogo

Molly Cameron, que ya tenía diez años, llevaba un vestido blanco y azul marino, y estaba sirviendo los refrescos, mientras Ruthie, estaba ofreciendo a los invitados unos aperitivos en un plato. Wade agarró en brazos a Hoyt Lee Cameron, de tres años de edad, antes de que tirara el jarrón con flores que había en la mesa, frente al sofá Chippendale.

Lydia estaba en su oficina, y observaba todo desde allí, dándole el pecho a Ruth Ann, que tan sólo tenía seis semanas.

Aquel día era la inauguración de la nueva oficina de interiores de Lydia en lo que era el orgullo de Riverton, el centro comercial Cotton Row. Lydia no se acababa de creer el maravilloso trabajo que habían hecho arquitectos y contratistas para mantener toda la herencia de Cotton Row. Seis edificios se habían salvado, otros habían sido derruidos y sus escombros habían sido utilizados para construir partes del centro comercial.

Después del juicio a Glenn Haraway, en el que lo encontraron culpable, enviándole a la cárcel por una temporada, el nuevo alcalde habló con Ruthie y le explicó que había encontrado nuevos inversores que querían conservar los edificios originales de Cotton Row e incorporarlos en el centro comercial. Ruthie había vendido sus propiedades e invertido su dinero en el futuro de su familia.

Wade dejó a su hijo en el corralito de juegos de la oficina de Lydia.

–Yo no quiero estar aquí –se quejó Lee.

–¿Cómo crees que vas a trabajar, con todos estos niños por aquí? Lee me ha dejado agotado en sólo media hora –Wade observó mamar a su hija del pecho de Lydia–. Es tan guapa como su madre.

Lydia sonrió.

–Sólo estaré aquí medio día, hasta que Ruth Ann sea un poco más mayor. Y no te preocupes por Lee. Se porta mucho mejor, cuando tú no estás. A los chicos les gusta hacerse los importantes cuando están sus padres delante.

–Mami, ya casi nos hemos quedado sin refrescos –dijo Molly desde la puerta–. ¿Hay más?

–Molly va a venir después de la escuela a cuidarlos –le dijo Lydia a su marido y después contestó a Molly–. Hay una caja ahí.

–Esta inauguración es magnífica. He estado enseñando nuestra casa, como estaba antes y cómo ha quedado ahora, a posibles clientes y se han quedado impresionados –dijo Molly y se fue a por la caja.

–Has convertido una casucha en una sala de exposiciones –dijo Wade, dándole un beso en la mejilla.

–Es la mejor publicidad.

Lydia miró a su hija, que se había quedado dormida, con la boca abierta. La apartó con cuidado y se la dio a Wade, luego se puso el sujetador y se abrochó la chaqueta.

–Te quiero, señora Cameron. Has hecho de mí un hombre feliz –le dijo, poniéndole el brazo en la cintura.

–Yo te amo, y quiero demostrártelo esta noche –le dijo, antes de darle un beso muy apasionado.

–¿Podéis parar ya? –dijo Molly–. ¿Qué va a pensar la gente? Si seguís así vais a ser la comidilla de la ciudad.

Wade y Lydia se echaron a reír y se miraron a los ojos, intercambiando una mirada de entendimiento, como diciendo, ¿qué más da lo que piensen los demás, si nosotros somos felices?

Marcus Cole estaba convencido de que Eden era la amante de su cuñado. Y ella no podía decirle la verdad, es decir, que la había confundido con su hermana. No podía porque él la amenazaba con airear su historia nuevamente en los medios de comunicación. Y para más complicaciones, Eden comenzó a verlo cada vez más atractivo y a sentirse más turbada por su presencia. A pesar de la mala opinión que se había formado de ella, no parecía tan insensible como quería hacer ver... ¿O el que ella se enamorase de él era parte de su plan?

Marea de amor

Jennifer Taylor

PIDELO EN TU QUIOSCO

Deseo®...
Donde Vive la Pasión

¡Añade hoy mismo estos selectos títulos de Harlequin Deseo® a tu colección!

Ahora puedes recibir un descuento pidiendo dos o más títulos.

HD#35143	CORAZÓN DE PIEDRA de Lucy Gordon	$3.50 ☐
HD#35144	UN HOMBRE MUY ESPECIAL de Diana Palmer	$3.50 ☐
HD#35145	PROPOSICIÓN INOCENTE de Elizabeth Bevarly	$3.50 ☐
HD#35146	EL TESORO DEL AMOR de Suzanne Simms	$3.50 ☐
HD#35147	LOS VAQUEROS NO LLORAN de Anne McAllister	$3.50 ☐
HD#35148	REGRESO AL PARAÍSO de Raye Morgan	$3.50 ☐

(cantidades disponibles limitadas en algunos títulos)

CANTIDAD TOTAL	$_____
DESCUENTO: 10% PARA 2 O MÁS TÍTULOS	$_____
GASTOS DE CORREOS Y MANIPULACION	$_____
(1$ por 1 libro, 50 centavos por cada libro adicional)	
IMPUESTOS*	$_____
<u>TOTAL A PAGAR</u>	$_____

(Cheque o money order—rogamos no enviar dinero en efectivo)

Para hacer el pedido, rellene y envie este impreso con su nombre, dirección y zip code junto con un cheque o money order por el importe total arriba mencionado, a nombre de Harlequin Deseo, 3010 Walden Avenue, P.O. Box 9077, Buffalo, NY 14269-9047.

Nombre: _____

Dirección: _____ Ciudad: _____

Estado: _____ Zip code: _____

Nº de cuenta (si fuera necesario): _____

*Los residentes en Nueva York deben añadir los impuestos locales.

Harlequin Deseo®

CBDES1